Did you know?
The most ordinary, natural, and unique magic
to make me an absolute idol

ねえ知ってた？
私を絶対アイド
ごく普通で当
とびっきりの

フリキ

SHINE POST
シャインポスト

Did you know? The most ordinary, natural, and unique magic to make me an absolute idol

プロローグ—1
青天国春は輝かない

『グッドモーニング、だぞ。ナオ』

「……おはよう。ケイ」

『朝のナオはご機嫌斜め？』

『午前四時だからね』

『午前四時一分になりました。ご機嫌真っ直ぐになるお時間です』

「……にしても早すぎない？」

『この後撮影があるので、出発五分前にお話です』

「そうですか……。で、どうしたの？」

『まずは、金のひよこちゃん……青天国春ちゃんについて教えていただきましょう』

「え？　なんで君が……」

『誰かさんが、素敵なライブ映像をあげていたぞ』

「よく、あの子達のマネージャーが僕って分かったね……」

『えっへん』

「話すと、結構長くなっちゃうんだけど？」

『現場に遅刻しちゃいます。手短に、だぞ』

「話を聞くのは決定事項なのね……」

『もちろんです』

「……春は、いつも前向きで明るい、すごくアイドルらしい女の子だよ。だけど、一つ……僕だけが分かる、信じられない特別さを持っている」

『ナオだけが分かる？　つまり……』

「青天国春は、輝かない」

『わお。それは、恐ろしい』


【ｔｉＮｇｓ】


私──青天国春は、朝の教室が好きだ。

朝練を終わらせて、グッタリと机で休んでいる子。お友達と仲良くお話をしている子。週刊漫画雑誌を熱心に読む子（先生にバレたら没収されちゃうけど）。

みんながみんな別々のことをしていて、統一感なんて一つもない光景。

だけど、何だか始まりを予感させる。まるで、ライブ開始前みたいだ。

「おっはよー、誉ちゃん！」

「おっはよー、春」

私の元気な挨拶に、静かな挨拶と優しい笑顔でお返事してくれるのは、虎渡誉ちゃん。

小学校の時から、ずっと一緒に過ごしてきた私の幼馴染。

登校したら、まずは誉ちゃんとお話。これは、春ちゃんの絶対ルールだよ。

「いやぁ～！　今朝は、清々しいですなぁ～！」

誉ちゃんのお隣に座って、ちょっぴりわざとらしく態度と視線でアピール。

気づいてくれるかな？

「くす……。素敵だったよ、噴水広場のライブ」

「でしょ！」

二日前の土曜日。私の所属するアイドルグループ『ＴｉＮｇＳ』は、池袋サンシャインシティ噴水広場でミニライブを行った。ただ、ミニライブをやるだけならよかったんだけど、『会場を埋められなかったら「ＴｉＮｇＳ」は解散』なんて条件があるんだから大ピンチ！

もしダメだったら、どうしようって思ってたけど……

「始まる前も終わった後も、ドキドキだった！　でも、違うドキドキだったよ！」

私達は、力を合わせて乗り越えたの！

「どう違ったの？」

「始まる前は、どんな風になるんだろうっていうドキドキ！　終わった後は、こんな風になっちゃったっていうドキドキ！　ううん！　終わった後はドキドキドキドキだった！」

「終わった後のほうが、ドキドキが強かったんだね」

「うん！」

地下一階から三階まで、沢山の人達で埋め尽くされた噴水広場。

終わった後にステージから見上げた時に映った景色を、私は絶対に忘れない。

キラキラの笑顔、キラキラの歓声、キラキラの拍手。

全部がキラキラの、世界で一番素敵な世界……。

「おはよ、春（はる）！　あんたすごいじゃん！　めっちゃ話題になってるよ！」

「ツベの再生数、えぐくない？　もう一五万だよ！　一五万！」

私と誉（ほまれ）ちゃんのところに、クラスメートのミッちゃんとヒロちゃんがやってきた。

ヒロちゃんが嬉（うれ）しそうに見せるスマートフォンの画面に映っているのは、マネージャー君が動画サイトにアップした噴水広場のライブ映像。理王（りお）ちゃんの『Ｙｅｌｌｏｗ　Ｒｏｓｅ』だ。

「そうなんです！　私達はすごいのです！」

私は、胸を張ってそう答えた。

アイドルはいつでも元気いっぱい。

応援してくれる人には、全力で応えないとね。

「なんか、春（はる）がそう言うとちょっと怪しい……」

「え〜！　本当だよ、ミッちゃん！　本当にすごいの！」

「そうなん、誉？」

「春の言う通り。『T・iNgS』はすごい」

「あっ。誉が言うなら間違いないわ」

「ちょっと、ミッちゃん！」

「いやぁ〜。すごいと思ったけど、どんくらいすごいか分からなくて……」

「分かるわぁ〜。春っていつも大げさだし……」

「ヒロちゃんまでひどい！」

ミッちゃんとヒロちゃんから、何だか疑いの眼差しを向けられた。

「こーんくらい！　こーんぐらい、すごいの！」

両腕を思いっきり広げて、丸を作った。

「誉、解説してもらっていい？」

「新人アイドルだと、池袋サンシャインシティ噴水広場の地下一階を埋められれば及第点、その上の一階まで埋められれば大成功。……でも、『T・iNgS』は地下一階から三階まで全部埋めた。そんなの、本当に人気のあるアイドルじゃなきゃできない」

「じゃあ、ガチでめっちゃすごいじゃん、春！」

「最初からそう言ってた！」

「ははは っ！　ごめんって！　そんな怒らないでよ」

もう！　ミッちゃんもヒロちゃんも、誉ちゃんの言うことなら信じるんだから！

「ってことはさ、春ってこっからもっと有名になるってこと？　もしかして、ドラマのオファーとかそういうのきちゃうんじゃない？」

「ドラマより先にドームじゃない？　次のライブは東京ドームとか……やば！　超アガる！」

期待してくれるのは嬉しいんだけど、そこまでは難しいかな……。

「言い過ぎだよぉ～！　まだ、そんなに有名じゃないって！」

「んなこたぁない！」

ミッちゃん、それちょっとおじさんっぽいよ……。

「いい？　一五万だよ、一五万！　春はもっと自信を持ちなよ！」

そうなんだけど、本当のトップアイドルと比べたらまだまだだよ。

なんて、答えよう？　嘘はつきたくない。でも、本当のことを言うのも絶対ダメ。

ミッちゃんもヒロちゃんも、こんなに応援してくれてるんだもん。

応援してくれる人をがっかりさせるようなことを、アイドルは言っちゃダメ。

「ほんと？　……じゃあ、自信もっちゃおっかな！」

二ヶ月前と比べたら、大進歩だもんね。その分の自信は、ちゃんと持ってるんだから！

「その調子！　これからも頑張ってね！　応援してるよ！」

「ありがと！　……あっ！　そうだ！」

「ん？　どしたん？」

噴水広場のミニライブのことを、二人にちゃんと伝えないと。

あれは、私一人で成功させたんじゃない。……ううん、私の力なんてちょっとだけ。

本当にすごかったのは、一緒に頑張ってくれた杏夏(きょうか)ちゃんと理王(りお)ちゃんだ。

それを二人に――

「ミチ、ヒロ、おは～！」

「あっ！　メグじゃん！　メグ、昨日のドラマ見た？」

「え？　ミッちゃん？　……えぇ!?」

「当たり前っしょ！　レミっちも蛍(ほたる)さんも、マジ最高だった！」

「その話？　その話、いっちゃう？　なら、そっちにいきますかぁ！」

「あ、ヒロちゃん、待って！　まだ私の話は……」

うそぉぉぉぉ！　ミッちゃんもヒロちゃんも、メグちゃんのとこに行っちゃったよ！

まだ、私のお話終わってないのに！　終わってないのにぃぃぃぃぃ!!

「むぅ～！」

「春(はる)、落ち着いて」

「だってぇ～！」

あっという間に、いなくなっちゃったミッちゃんとヒロちゃん。

二人が、メグちゃんとすごく仲が良いのは知ってるけどさぁ〜。

「杏夏ちゃんと理王ちゃんのこと、話したかったのに……」

知ってほしかった。『TiNgS』は、私だけじゃないってことを……。

「リオ様もおキョンも、とっても素敵だったよ」

「でしょ！　噴水広場のライブが成功したのは、理王ちゃんと杏夏ちゃんのおかげ！　三人で一緒に頑張ったから大成功したんだよ！」

わざと、ちょっとだけ大きな声を出す。ミッちゃん達にも聞こえてるといいな。

「最近の『TiNgS』にはずっとびっくり。突然、専用劇場もいっぱいにしちゃうし、どんどん大きくなってる」

「ふふふ……。これも全部、マネージャー君のおかげだよ！」

「春、本当にマネージャーさんが大好きだね」

「うん！」

日生直輝君。私のヒーロー。

優希さんから日生直輝君が私達のマネージャーになってくれるって話を聞いた時から、私はあの人が来ることをずっと心待ちにしていた。あの人に会いたかった。

あの人が、私達のマネージャーになってくれるなんて、本当に夢みたいなお話。

こんなこと比べるのも変な話だけど、もしも『T・iNgS』の中で誰が一番マネージャー君を信じてるって聞かれたら、絶対に私で決まりだよ！

「じゃあ、次の目標は単独ライブだね」

「違うよ、誉ちゃん。その前に、私達にはやらなきゃいけないことがあるもん！」

「そうなの？」

「うん！　私達がやらなくちゃいけないこと。それは……」

専用劇場じゃない会場でやる単独ライブも、もちろん大切な目標。

だけど、それよりも先に、絶対に解決しなくちゃいけないことが一つある。


「本当の私達に戻ることだよ！」


本当の私達は、『T・iNgS』じゃない。本当の私達は、『TINGS』。

いなくなっちゃった二人のメンバー、私の大切な仲間。

二人に戻って来てほしい。……ううん、絶対に戻って来てもらうの！

「ほんとは、噴水広場も五人でやりたかったけどできなかった。だから、単独ライブは絶対に、ぜぇぇぇったいに五人でやりたいの！」

「難しくない？　二人って、脱退しちゃったんだよね？」

「難しくてもやらなきゃだよ！　だって、私達は五人で一つだもん！　五人じゃなきゃ、本当のキラキラのライブはできない！　五人じゃないと、シャインポストになれないよ！」

シャインポスト。世界中の人が、アイドルを大好きになれる輝く道標。

それが、私の目指すアイドルの形、私の叶えたい夢だ。

「そっか。頑張れ、春」

「春ちゃんにお任せあれ！」

「じゃあ、景気づけ、しよっか」

「え？」

誉ちゃんが、鞄の中から一つの包みを取り出した。

「いっしょに食べよ」

「あっ！　ドーナツ！」

それは、誉ちゃんの大好物。包みに入った三つのドーナツのうちの一つを誉ちゃんが持って、もう一つを私に手渡してくれた。お互いにドーナツを持って、見つめ合う。

「まん丸ドーナツ。みんなで食べて……」

「丸くなる！」

私達はいつもの合言葉を言った後、ドーナツにかじりついた。

TiNgS!

SHINE POST

シャインポスト

Did you know? The most ordinary, natural, and unique magic to make me an absolute idol

プロローグ—2

玉城杏夏は負けず嫌い

『お昼です。今日のロケ弁は、とっても美味しいひれかつサンドでした』

「僕、今から食べるところなんだけど……蕎麦を」

『食べながらお話するのはお行儀が悪いです。後にしましょう』

「伸びるよね？」

『お蕎麦は伸ばせますが、私の時間は伸ばせません。休憩時間は、残り一〇分なのです』

「三分。それ以上は無理」

『では、間をとって九分としましょう』

「話聞いてた？」

『今から、玉城杏夏ちゃんについて教えてもらう気満々です』

「やっぱり、春だけじゃなかったか……」

『わくわく。わくわく』

「はぁ……。杏夏は、たまに変なことを言うけど真面目な女の子だよ。それだけだとアイドルとして面白味がないんだけど、彼女はアイドルにとって重要な気持ちを誰よりも強く持っている。……それが、元来の真面目さと相まって彼女をより魅力的にしているね」

『重要な気持ち。それは、つまり？』

「玉城杏夏は、負けず嫌い。……それも、とびっきりにね」

『ふふふ。それは、とても素敵な女の子だ』


【Tings】


「はぁ～～～～～!!」

お昼休み。私は、お弁当箱の蓋を開けると同時に大きなため息を吐きました。

ご機嫌な太陽さんを台無しにする、どんよりした私。

全身から陰気な何かが、モニョモニョと出ているような気がします。

「あのぉ～、杏夏……」

「何でしょうか、朱？」

どんよりドヨドヨな私へ、正面に座る池柴朱が遠慮がちに話しかけてきました。

お昼はいつも朱と机をくっつけて、二人で食べる。これが、私の日常です。

「その、そろそろ聞こうと思ってたんすけど……何があったんすか？」

「……何もありませんでした、い、い、い、い、い、い」

嘘偽りのない真実を、私は朱へと伝えます。

「何もなかった態度じゃないっすよ……」

朱が言いました。正論です。

「朝からずっと元気がないじゃないっすか。てっきり、今日はご機嫌だと思ったのに……」

「はい。私も登校するまではご機嫌でした」

「なおさら、意味不明っす！」

朱を混乱させてしまいました。ですが、仕方ない。仕方ないのです……。

「詳しく教えてほしいっす」

こんな私のお話を、朱を聞いてくれるようです。

どんより気分の私は、そんな優しさに飛びついてしまいました。

「今朝、私は意気揚々とお家を出発したんです。いつもより三〇分も早く出発したので、準備が大変でした。ちょっぴり眠いです」

「はぁ」

「そして、何事もなく学校に到着してしまったのです……」

「いいことじゃないっすか！」

朱が叫びました。

「よくありません！」

私は叫び返しました。

「私は、声をかけられたかったのです！『もしかして、「TiNgS」のおキョンですか？』と言われたかったのです！　なのに、誰にも気づかれませんでした！」

「あ～……。そういうことっすか……」

以前までの私達は、知名度の低いアイドルグループでした。

ですが、今は違います。噴水広場に二〇〇〇人もの人を集めました。さらに、マネージャー……ナオさんがアップしてくれたライブ映像は一五万再生もされました。

にもかかわらず、にもかかわらず！　なぜ、私は声をかけられないのですか⁉

「本当に、本当に……毎日大変だったんです！」

突如として告げられた、解散宣告。グループを存続させるために、毎日必死でレッスンに取り組みました。レッスン以外の時間は噴水広場の研究です。

現地でのステージの確認、どのようなパフォーマンスを行えば、より私達の魅力を伝えられるかを検討、過去に行われた他のアイドルのライブ映像の確認。

やりすぎて、毎日が睡眠不足でした。ムニャムニャのモニャモニャです。

そうして迎えた噴水広場。みんなで一丸となって、素晴らしい成果を生み出した噴水広場。

二〇〇〇人の観客、一五万という再生数。だからこそ、私は期待してしまったのです。

もしかしたら、誰かが私に気が付いて声をかけてくれるのではないだろうかと……。

「折角、いつもより三〇分も早く起きて出発したというのに……っ！」

「気持ちは分かるっすけど、さすがに高望みっすね」

朱が、あっけらかんとそう言いました。

「声をかけてもらうってのは、そんな簡単なことじゃないっす」

朱は筋金入りのアイドル好きです。最推しは、『絶対アイドル』螢さん。

中学生の時、彼女に武道館で行われる螢さんのライブへ誘われたからこそ、私はアイドルを志すことになりました。以来、朱には色々なアイドルとしての知識を教わりました。

「分かっていますよ。ですが、沢山の人に観ていただけて、動画だって……」

「足りないっすね。グループの知名度だけで声をかけられるようになりたかったら、最低でも『HY:RAIN』ぐらい有名にならないとダメっす」

『HY:RAIN』。私達より、一年程早くデビューした新鋭アイドルグループです。

単独ライブでは一万人ものファンを集め、動画の再生数は曲によっては一〇〇万回以上。

今の私達からすれば、雲の上の存在のような方々。

あの人達が最低ラインなんて、……まだまだ先は長いようですね。

「ま、それ以外に方法がないわけじゃないっすけど」

「本当ですか！　詳しく教えて下さい！」

「簡単っすよ。ライブで、ちゃんと目立てばいいだけっす」

「うっ！　それは……」

痛いところを突かれてしまいました。

「どれだけ大きな会場でライブをやっても、どれだけ動画の再生数が伸びても、その中で目立てなければ意味はないっすからね」

朱は、辛口評論家です。こういう時、本当に容赦がありません。

「噴水広場のライブで、目立ってたのはリオ様とハルルンっす。杏夏じゃないっすよ」

反論の余地がありません。

「むぅ……。朱は、少し気遣いを学ぶべきでは？」

言われっぱなしは悔しかったので、ちょっぴり抵抗です。

「そんなことしたら、杏夏、もっと怒るっす」

ぐうの音も出ません……。

「むぅぅぅ！　分かりましたよ！　次こそは、私がもっと活躍してみせます！」

「うす！　そこが杏夏の一番いいところっすよ！」

私は、理王や春と比べると才能に恵まれていません。

ですが、諦めの悪さでしたら負けませんよ。

たとえ、それが自分に向いていないことだったとしても……

「やりたいことをやる。それが、ナオさんが私に教えてくれたことですから」

「ふふふ。杏夏は、本当にマネージャーさんが大好きっすね」

「もちろんです」

ナオさんは、すごいんですから！　定期ライブや噴水広場の件はもちろんですが、一番感謝しているのは、私自身の心を照らしてくれたことです。

アイドルとしての活動に自信が持てず、真っ暗な部屋に閉じこもっていた私の心。

ナオさんは、そんな私の心を照らしてくれました。

真っ暗な部屋から飛び出す勇気をくれました。

本当にナオさんが私達のマネージャーになってくれてよかったと、毎日のように思います。

こんなことを比べるのも変な話ですが、もし『TiNgS』の中で誰が一番ナオさんを信じているかと聞かれたら、絶対に私で決まりですから！

「これからの『TiNgS』も楽しみっす！　次は単独ライブに期待してるっすよ！」

「いえ、その前に私達にはやるべきことがあります」

「へ？」

ナオさんが来てからの二ヶ月で、私達は大きく成長しました。

ですが、成長したからこそ分かってしまったことがあるのです。

「本当の私達になることです」

今の私達は偽りの姿。真実の姿……『TINGS』に戻らなくてはなりません。

「うわぁ～。それは、激ムズミッションっすね」

「だとしても、やらなくてはいけません。ただ……」

「ただ？」

「自信はありません……」

つい、消極的な言葉を漏らしてしまいました。

明確な目標は見えています。そのためにやるべきことも、分かっています。

ですが、この挑戦には大きな危険が伴うのです。

たった一度の失敗すら、許されない。もしも、失敗してしまったら……

「やらなきゃなんないんすよね？　なら、やるしかないっすよ！」

シンプルで当たり前の言葉。朱（あけみ）の言う通りです。

分かっています。分かっているのですが……

「やりたくないことは、やりたくないのです……」

TiNgS!

SHINE POST
シャインポスト

Did you know? The most ordinary, natural, and unique magic to make me an absolute idol

プロローグ—3
聖舞理王は愛される

『お日様が沈むより前にドラマの撮影が終わりました。次は歌収録です』

「今から、優希さんと話をしにいこうと思っているんだけど？」

『優希さんに負けるのは悔しいです。先に、私と聖舞理王ちゃんのお話をしましょう』

「仮に優希さんの件がなくても、聞く気満々だよね？」

『そうとも言います』

「はぁ……。そんなに長く話せないからね」

『やったね』

「理王だったね……。理王はまだまだ課題の多い女の子だ。だけど、その課題の多さが彼女の武器にもなっているから、少し頭を悩ませている」

『おや？　これは難しいお話だ。至急、解答を求む』

「聖舞理王は、愛される。……課題が多いからこそね」

『なるほど。……ふふっ、それは難しいね』

「うにゅ……。どうしよう……」

一五時。帰りのＨＲ(ホームルーム)が終わった後、私は自分の席から立ち上がれずにいた。

いつもなら、すぐにブライテストに向かうのに、今日はそれができない。

だって、何だか変なことになっちゃってるんだもん……。

「えーっと……、理王(りお)はどうしちゃったのかな？」

「んにゃっ！　葵(あおい)！」

そんな私に、小学校からのお友達——田中葵(たなかあおい)が声をかけてきた。

おっちょこちょいな私をいつも助けてくれる、すごく頼りになる女の子だ。

だけど、頼りになるからといって甘えてばかりじゃダメ。

「何でもないわ！　ちょっと英気を養っているだけよ！」

「学校から帰るだけで？」

「り、理王(りお)様の下校は、通常の下校とは一線を画すのよ！」

「へぇ～……」

ものすごい疑いの目で見られている。でも、大丈夫。頑張れば、ごまかせるはずだもん！

「本当は？」

「うにゃ！　別に私は嘘なんて……」

「本当は？」

「……ごめんなさい。本当は困ってます」

あっという間に、葵のプレッシャーに負けちゃった……。

「じゃあ、素直に白状しよっか！」

どこか嬉しそうな表情を浮かべて、葵がそう言った。

「えっとね……。あんまり、学校から出たくないの……」

「どうして？」

「知らない人から、声をかけられるかもしれないから……」

「え？　ええ!?」

私が席から立ち上がれずにいたのは、これが原因だ。

「今朝ね、学校に来るまでに、知らない人から何回も声をかけられたの」

優しそうなお姉さん、真面目そうなサラリーマンさん、同い年くらいの女の子。

『リオ様ですよね？』、『リオ様、頑張ってね！』、『リオ様は、まだまだこれから！』。

共通点なんて何もない、みんな知らない人だった。

「『リオ様』って……。私は知らない人なのに、どうしてみんなは私を知ってるの？」

「やばいじゃん！　学校に相談したほうが……ん？　リ、オ、様？」

すごくビックリして、『そうです！』ってお辞儀をしてからすぐに逃げちゃった。

「あのさ、理王。それって……」

葵がスマートフォンを取り出して、私に見せる。

「これが原因じゃない？」

「んにゃっ！　なにこれ⁉」

画面には、一昨日の土曜日にやった噴水広場のミニライブの映像が映っていた。

私が、初めてセンターをやった『Ｙｅｌｌｏｗ　Ｒｏｓｅ』だ。

「いつの間に、こんなの出てたの⁉　私、聞いてない！」

あれ？　そういえば、マネージャー……ナオが、『ライブ映像あげておくね』って言ってたような気が……ううん、やっぱり気のせい！

「さすがに、無断であげることはしないんじゃないかなぁ……」

「でも、なんでこんな動画をあげるの⁉」

「宣伝のためだと思うけど……」

「私じゃ宣伝にならないよ！　出すなら、杏夏か春がセンターの……」

「一五万再生されてるよ？」

「じゅ、じゅうご……っ！」

あまりにも大きな数字に、思わず眩暈がした。私達のライブ映像が、一五万再生？

「信じられない？」

「……うん」

「はぁ……。あんなすごいことをしたのに、まだそんなんか。理王は自己評価が低すぎ」

「だってぇ～……」

前に比べたら自信を持てるようになったけど、それでも無理があるよ。

だって、私だよ？　杏夏と春と比べて、人気も実力も一番なくて……

「私も噴水広場のライブを観てたけど、理王の『Ｙｅｌｌｏｗ　Ｒｏｓｅ』、メチャクチャ盛り上がってたじゃん。多分、『ＴｉＮｇＳ』で今一番注目されてるのって、理王だよ」

「ない！　ないないない！」

私はブンブンと全力で首を横に振った。

「あるの。いい加減、自覚を持ちなさい」

「……うにゅ」

怒られた。葵は優しいけど、たまに厳しい時がある。

「声をかけてくれた人は、ライブを見て、理王のファンになってくれた人だよ！　そうじゃなきゃ、『リオ様』なんて言わないって！」

「そうなの、かな？」

「絶対そう！」

「そっか……。そっかぁ～！」

私、みんなの力になれたんだ……。ちゃんと、力になれてたんだ……。

「ふふふ……。よかったね、理王」

でも、それだったらこんな弱気な態度じゃダメだよね！

「ふふーん！　やはり私は、聖なる舞を魅せる理の王者！　聖舞理王様ね！　ついに、この理王様の偉大さを民衆も理解し始めたようね！　なぜなら、私は理王様だから！」

「あ、そうなっちゃうんだ……」

なんだか、葵に呆れた視線を向けられた。

でも、関係ないもん！　私はみんなの力になるんだから！

それに、わざわざ声をかけてくれる人がいるくらいにファンが増えたなら……

「いよいよ見えてきたわね。……東京ドームが！」

「さすがに早すぎ。もう少し現実を見なさい」

「ふふーん！　そんなことないわ！　ナオならちょちょいのちょいよ！」

ナオは、ずっと定期ライブのチケットを完売できなかった私達のマネージャーになって、たった一週間でチケットを完売してくれた。噴水広場のライブも大成功に導いてくれた。

何より、ナオは私のことを助けてくれた。

誰の力にもなれないと思って、全部諦めていた私に希望をくれたの。

『何もない奴が、アイドルになれるわけがないだろ』

ナオが言ってくれた私の宝物。

ナオが私達のマネージャーになってくれて、本当に嬉しい。

ナオが来てから、毎日がワクワクで溢れてる。

こんなことを比べるのも変な話だけど、もしも『TiNgS』の中で誰が一番ナオを信じているかって聞かれたら、ぜぇぇぇぇったいに私！

「ナオはすっごいんだから！　全然チケットが売れなかった私達のチケットをたった一週間で完売できるようにして、噴水広場のミニライブも成功させて……ナオに不可能はないといっても過言ではないわね！」

「ふふふ……。それなら、本当に東京ドームに行けちゃうかもね」

「かもじゃない！　行くの！」

「はいはい。ごめんなさ～い」

いつか、私もあの時の螢さんみたいなライブを、東京ドームで絶対にやるんだから！

「でも、さすがに最初から東京ドームは早すぎるから、その前に別の会場で単独ライブだね」

「ふふん！　違うわ、葵！　その前に一つ、やることがあるんだから！」

「やること？」

前までの私は、自分のことばっかりで周りが全然見えてなかった。

でも、今は違う。ちょっとだけ、みんなのことが見えるようになった。

そしたら、気づいちゃったんだ。私達に、足りてないものに……。


「本当の私達になるのが最優先よ！」


『TiNgS』じゃなくて、『TINGS』。私達は、本当の私達にならなきゃいけない。

あの時は、どうしてこんなことになっちゃったか分からなかった。

でも、今は……

「……うにゅ」

分かっちゃったかもしれないから、すごく不安なの……。

「どうしたの、理王？　突然、しょんぼりして」

「えっとね……、本当の私達になるのが最優先なのは分かってるの。だけど……」

私の勘違いかもしれない。ううん、できることなら勘違いであってほしい。

だって、もしも勘違いじゃなかったら……

「私、みんなの力になれるかなぁ」

本当の私達になれないもん……。

「じゃあ、三人の話は伝えたし、そろそろ切るよ？」

『現場に到着したので、ナイスタイミングなのです』

「社長室に到着したから、ナイスタイミングかもね」

『優希さんとお話するのは、「ＴＩＮＧＳ」のこと？』

「うん」

『ふふふ。それは、楽しみだ』

「なんで、君が楽しみになるの？」

『今度、ナオから聞くことが決まったからです』

「何を聞くつもりかな？」

『残り二人の女の子の話、だぞ』

「そこまでお見通しか……」

『当然なのです。ケイちゃんは、アイドルが大好きですから』

SHINE POST
シャインポスト

Did you know? The most ordinary, natural, and unique magic
to make me an absolute idol

第一章
兎塚七海は知っている

噴水広場でのミニライブを終えた二日後の月曜日。僕――日生直輝は、芸能事務所ブライテストの社長にして、従姉である日生優希に社長室へと呼び出されていた。

「いやぁ～！　実に見事だ！　見事という以外に言葉が見つからないね！」

最初に伝えられたのは、称賛の言葉。

二ヶ月前まで、四〇人程度しか集められなかった『TiNgS』が、噴水広場でミニライブを行って、二〇〇〇人もの人を集めた。その結果に対する言葉だろう。

「もちろん、これだけ素晴らしい成果を出したナー坊と『TiNgS』には、報酬を用意しているよ！　次はミニライブではなく、正式に単独ライブをやろうじゃないか！」

専用劇場の定期ライブでも、ミニライブでもない、新たな会場で行われる単独ライブ。

それは、成長の証。喜ぶべき結果であると同時に、新しい挑戦でもある。

「ちなみに、その会場がどこかという話だが――」

「やってくれたね？」

優希さんの言葉を遮り、僕は伝えた。

「《さて、どの件のことかな？》」

優希さんの体が光り輝く。

僕は生まれつき、嘘をついている人間が《輝いて見える眼》を持っている。

優希さんは、僕のこの能力を知る数少ない人物の一人……にもかかわらず、平然と嘘をついてくるのがこの人の厄介なところ。そして、僕の能力の限界を知っているからこそ、弱点をついて平然と騙してくる。今回の件だって、そうだ。

何せ優希さんは、最初から僕を騙し続けていたのだからね。

…………

……

「『T・iNgS』の本当のグループ名は『TINGS』。そして、残る二人のメンバーは……」

「伊藤紅葉と祇園寺雪音だ」

「やはり、ナー坊に彼女達を任せて大正解だったよ」

社長椅子に腰を下ろす優希さんが、満足気な笑みを僕へ向ける。

「最初から、妙だとは思ったんだよ……」

僕が担当する三人組のアイドルグループ『T・iNgS』。

繊細な調整力と観察眼に長けた青天国春。

絶対にミスをしない、抜群の安定力を持つ玉城杏夏。

ダンスは苦手だが、その欠点を補って余りある歌唱力を持つ聖舞理王。

初めて彼女達のレッスンを観た時のことは、今でもよく覚えている。

三人ともすごい才能の持ち主なのに、三人そろってその才能をまるで活かせていないパフォーマンス。抱いた感情は、驚きと困惑……そして、僅かな違和感。

当時の僕は、彼女達の才能を開花させることを先決とし、違和感に蓋をした。

だけど、彼女達と過ごしていくうちに、膨らみ続ける違和感。

自らの殻を破り、成長していく杏夏と理王。……それでも、何かがおかしい。

その違和感の正体に辿り着けたのは、ある曲の存在。

『Be Your Light!!』

『TiNgS』がデビュー前に手に入れた、初めての持ち曲。

だけど、彼女達はその曲を決して定期ライブで行わず、足りない分は借り曲……ブライテストの先輩アイドルの曲を借りてパフォーマンスを行っていた。

なぜ、そんなことをしているのか？　曲を確認してみたら、すぐに分かった。

『Be Your Light!!』は、三人ではなく五人で歌うために作られた楽曲だった。

本来の彼女達は三人組の『TiNgS』ではなく、五人組の『TINGS』。

欠けてしまった二つのピース。伊藤紅葉と祇園寺雪音。

「ナー坊の言う通り、『TINGS』は本来五人グループだ。だが、少々トラブルが起きてしまってね……。今は、『TiNgS』と『ゆきもじ』の二グループに分かれてしまっているよ」

玉城杏夏、青天国春、聖舞理王で結成されている『TiNgS』。

祇園寺雪音と伊藤紅葉が（恐らく『TINGS』を脱退して）結成した『ゆきもじ』。

会う度に険悪な空気になるとは思っていたけど、まさかこんな事情があったなんてね。

「だが、私としても彼女達をこのままにしておくのは看過できなくてね、雪音と紅葉には是非とも『TINGS』に戻って来てほしいと考えている」

一度脱退したメンバーが、再び同じグループに復帰するなんて聞いたことのない話だ。

「念のため確認させてもらうけど、雪音と紅葉のパフォーマンスは？」

「私がひと目その姿を見て、スカウトを決意する程度だね」

つまり、超一級。アイドルに関して、優希さんの勘の鋭さは尋常じゃない。

ひと目見ただけで、その子がアイドルに向いているか向いていないかを理解するのは当たり前。そこに加えて、将来性まで的確に見抜くときたもんだ。

僕の《眼》なんかよりも、遥かに恐ろしい力だよ……。

「特に素晴らしいのは、雪音だね。もし五人のままでデビューしていたら、最も注目を集めることになったのは、間違いなく彼女だったよ」

優希さんの光り輝かない真実の言葉。

あの三人をさしおいて一番の注目を集めるなんて、いったい雪音はどんな才能を……。

「もう、君が次にすべきことは分かっているね？」

優希さんが、不敵な笑みを浮かべて僕を見つめる。

「彼女達を本来の姿にすること、でしょ？」

「ふふふ……。そこまで、お見通しか」

今のままの『ＴｉＮｇＳ』では、彼女達の夢を叶える前に限界が来てしまう。

だからこそ、やるしかない。たとえ、どれだけ険しい道のりだったとしても……。

「で、元々は同じグループだったあの子達が、何であんな関係になってるの？」

「《それが、困ったことにまったく分からないんだ》」

「教えてくれたら、話が早く進むと思うんだけど？」

「光り輝く道は、その華やかさの代償に甘えを生む。真に人が成長するのは、暗闇の道をもがき苦しみながら進んだ時だと私は考えているよ」

優希さんの悪癖だ。どれだけ悪い状況でも、それを逆手にとって利用する。

簡単に答えを提示せず、自ら辿り着かせることで成長に繋げようとしてくる。

今回の場合、対象は僕。前々から優希さんからよく言われてるんだよな。

「嘘が見抜けるからと言って、思考を放棄するのは許されないことだよ？」

ってね。つまり、自分自身の力で答えに辿り着けということだ。

「はぁ……、分かったよ。僕なりにやれることをやってみる……」

「ふふふ……。頼んだよ、マネージャー」

やけに満足げな笑みを浮かべる優希さんに見送られて、僕は会議室を後にした。

☆

「ねぇねぇ、春、杏夏！　見て見て！　これが、理王様の編み出した新たなる最強のパフォーマンス、『リオ・ザ・トルネード』よ！　すごいでしょ！」

ごめん、優希さん。僕なりにやれることはないかもしれない。

「わぉ！　予想外の動きだ！　これなら、ビックリさせられること間違いなしだねっ！」

「まさか、側転とは……」

レッスン場にやってきた僕の目に映ったのは、不器用な側転をする理王。そんな理王へ元気に拍手を送る春と、呆れを通り越してもはや引いている杏夏。まるで成長が見られない……。

「あっ！　マネージャー君だ！」

「ナオさん、こんにちは」

いの一番に僕の存在に気が付き、元気な声を出したのは春。

続いて杏夏が、穏やかな笑みを僕へと向けてくれた。

「んにゃ！　い、痛い……。あっ！　ナオだ！」

バランスを崩してずっこけたところで、理王もようやく僕に気づいてくれたようだ。

「やぁ、三人とも調子が良さそうだね」

色々な意味でね。ほんと、色々な意味で……。

「もちろんだよ！　噴水広場は成功できたけど、あそこが私達のゴールじゃないもん！　もっともっとレッスンをして上手にならないと、シャインポストにはなれないよ！」

明るい笑顔で、ガッツポーズをとる春。いつも通りの前向きさだ。

「ですね。二〇〇〇人の方を集められても、私達の知名度はまだまだ低いままです。今以上に知名度を上げられるよう、努力あるのみです！　主に、知名度を上げるために！」

杏夏は何かあったのだろうか？　やけに『知名度』にこだわっているような……。

「ふふーん！《噴水広場の成功なんて、この理王様がいれば当然の結果よ！》」

前より自信を持てるようになったみたいだけど、自己評価の低さと遠慮は相変わらずだね。

大丈夫だよ、理王。今の君は、『TiNgS』で最も注目を集めているアイドルだ。

「うん。これからも、今まで以上の結果を目指して頑張っていこう」

――と言ったのはいいんだけど、どうしたものかな？

雪音と紅葉の話をしたいのだけど、切り出し方が中々に難しい……。

「だよね！　やっぱり、目指すのは今まで以上の私達だよね！」

「え？　もちろん、そうだけど……」

明るい春の言葉。だけど、何か含みがある気が……。

「というわけで、私からひっじょ～に重要なお話がマネージャー君にあります！」

やっぱり、何か話があったようだ。

両隣に立つ杏夏と理王を確認すると、キョトンとした表情。

どうやら、二人も春が何を言い出そうとしているかは分かっていないようだ。

「マネージャー君が初めて私達のレッスンを観た後に、私に聞いたことって覚えてる？」

「初めてレッスンを観た後？」

確かあの時、杏夏や理王にはセンターをやりたいかを聞いて、春には『「TiNgS」に必要なものって何だと思う？』って聞いたよね。それで、春は……

——メンバー！　三人だとちょっと寂しい時があるから、メンバーが増えると嬉しい！

「あっ！」

「思い出してくれた？」

春が嬉しそうな眼差しを僕に向ける。

「新しいメンバーが増えると嬉しい……だよね？」

「よかったぁ～！　ちゃんと覚えてくれてた！　ありがと、マネージャー君！」

あの時は、テコ入れが早いなんて思ってしまったけど、それは大きな間違い。

春は、初めから……

「春、待って下さい。その話は……」

「そうよ！　ナオにはまだちゃんと言ってないし……」

「だからだよ！　私達のこと、マネージャー君にちゃんと伝えないと！」

慌てて止めようとする杏夏と理王だったが、春の勢いが勝った。

「あのね……、実はマネージャー君に内緒にしてたことがあって……」

これまで隠していたことへの罪悪感か、春が表情を曇らせる。杏夏と理王も同じだ。

「私達って――」

「五人で、『TINGS』なんだよね？」

「「「…………っ‼」」」

僕の言葉を聞いて、三人が目を見開いた。

「マネージャー君、知ってたの⁉」

「もちろん。……と言っても、気が付くのに少し時間がかかっちゃったけどね」

「それでも、すごいよ！　さすが、マネージャー君だね！」

「その……、念のため確認するのですが、ナオさんは残りの二人のメンバーが誰かは……」

杏夏と理王が、真剣な眼差しで僕を見つめる。

「『TINGS』の『I』と『G』。伊藤紅葉と祇園寺雪音の二人だよね」

「わぁぁぁぁ!!」

「……っ！　その通りです……」

「やっぱり、ナオはすごい、ね……」

僕としても、雪音と紅葉のことが聞きたかったからありがたい展開ではあるのだけど、三人の態度の違いが気になるな。嬉しそうな春と対照的に、消極的な態度を見せる杏夏と理王。

どうやら、三人の気持ちが完全に一致しているというわけではなさそうだ。

「私、今のままの私達じゃイヤなの！　だから、雪音ちゃんと紅葉ちゃんに――」

「本当に戻って来てくれるのでしょうか？」

「え？　杏夏ちゃん」

「私も、雪音と紅葉に戻って来てほしいです。ですが、今の私達の関係は……」

「うっ！　確かにあんまり良いとは言えないかもだけど……」

杏夏の言う通り、『T·iNgS』と『ゆきもじ』はお世辞にもいい関係とは言えない。

顔を合わせる度に険悪な空気が流れるし、そのまま小競り合いにも発展している。

「大丈夫だよ！　雪音ちゃんも紅葉ちゃんも、前はすっごく優しかったじゃん！」

「はい。脱退するまでは、とても優しく頼りになる仲間でした」

「ううう……」

「うにゅ……。私、今のままだと、二人は戻って来てくれないと思う……」

「理王ちゃんまで！」

さらに理王が、弱気な態度でそう言葉を漏らした。一切の輝きを発することなく。

「どうして⁉　どうして、二人が戻って来てくれないと思うの？」

「私、まだまだへたっぴだもん。だから、雪音と紅葉が戻って来てくれたとしても、迷惑をかけちゃうかもしれない。だから……」

「心配ないよ！　理王ちゃん、前よりもずっと上手になったじゃん！」

「でも……」

確かに、以前までの理王は（自分自身の歌唱力を活かせていないのもあって）実力では、メンバーの中でかなり劣っていた。だけど、今は違う。ダンスは杏夏や春から教わり、以前とは比べ物にならないほどに上達しているし、歌唱力という明確な武器も身に付けている。

「それでも、ダメ。今のままじゃ、二人はきっと戻って来てくれない」

明確に首を横に振って、理王はそう言った。

「私もそう思います……」

杏夏と理王も、雪音と紅葉に戻って来てほしいとは考えている。

だけど、二人を戻せる自信がない。だからこそ、消極的な態度になっているんだ。

ただ、そう考える根本的な理由はなんだ？　……まだ、見えてこないな。

「杏夏ちゃん、理王ちゃん……」

春も二人の気持ちが分からないわけではないようで、言葉を失ってしまっている。

困ったな……。三人の気持ちがバラバラのままじゃ……

「うぅ。うぅぅぅぅぅぅ!!」

おや？　どうしたんだ、春？

何も言わなくなったと思ったら、突然唸りだしているんだけど……

「そんなの……関係なぁぁぁぁぁぁぁぁい!!」

顔を思い切り上げて、春が叫んだ。

「私は、ぜぇぇぇぇったいに二人に戻って来てほしい!!　仲が悪いとか、実力が足りないとか、そんなの関係ない！　だって、私は今でも二人が大好きだもん!!」

本当に、春はどんな時でも変わらないな……。

どれだけ厳しい状況でも決して諦めず、前向きな気持ちで挑み続ける。

それは、アイドルにとってとても大切な力の一つだ。

「杏夏ちゃん、理王ちゃん！　雪音ちゃんと紅葉ちゃんに戻ってきてほしいんでしょ！」

「それは……」「うにゅ……」

春の言葉に、杏夏と理王が揺らぐ。

「本当の私達になれるのであれば……戻りたいですよ」

「……私も」

なるほどね、そういうことか。……見えたよ。

「なら、やってみようよ！」

「やってみる、ですか？」

「うん！　だって、何もやらなかったら何も変わらないもん！　だから、やってみる！　私達はいつだって、そうだったじゃん！」

「「……っ！」」

「私達に、絶体絶命は当たり前！　だけど、私達はそんな絶体絶命を乗り越えたからこそ、ここまで来れた！　だから、今回もみんなの力を合わせて乗り越えようよ！」

そうだね。初めて会った時から、君達はいつでもピンチの最中にいた。だけど、そのピンチを乗り越えたからこそ成長した。より大きな力を身に付けたんだ。

「そう、ですね。……ふふっ。やってみましょう、か」

春の言葉に、杏夏が思わず笑みをこぼした。

「杏夏ちゃん！」

「正直に言わせてもらえば、まだ自信はありません。……ですが、手をこまねいていても事態は進展しません。ひとまずは、やってみましょう」

「わぁぁぁぁ！　ありがとう！　すっごく嬉しいよ！」

春の言葉に触発されて、杏夏もまた前向きな姿勢を持つようになった。

残るは、あと一人。未だに自信が持てずに縮こまっている……

「理王ちゃん！　理王ちゃんも、一緒にがんばろっ！」

「でも、私は……」

「三人じゃなくて、五人で行こうよ！　……東京ドームに！」

「……あっ！」

東京ドーム。それは、理王にとって特に強い意味を持つライブ会場だ。

その言葉を言われて、消極的な態度を続けるなんてことが理王にできるわけがなく、

「ふふーん！　春、あんた分かってんじゃない！　そうよ！　東京ドームには私一人で行っても意味はない！　三人で行っても意味はない！　五人で行くからこそ、意味があるのよ！」

いつもの、元気いっぱいな傲慢な態度になるのであった。

「聖なる舞を魅せる理の王者！　それが私、聖舞理王！　雪音と紅葉を戻すくらい、簡単よ！

なぜなら、私は理王様だから！」

「うん！　理王ちゃんがいれば、百人力だよ！」

どうやら、僕の出番は必要なかったようだね。

それは、マネージャーとして喜ぶべきことなんだけど……、少しだけ寂しいな……。

「マネージャー君！　私達、雪音ちゃんと紅葉ちゃんに復帰してほしい！　『TiNgS』じゃなくて、『TINGS』になりたい！」

輝かないけど、誰よりも強い輝きを発する少女が、僕にそう告げる。

　もちろん、反対をするつもりはない。だけど……

「一つだけ、条件があるかな」

「条件？　なに、マネージャー君？」

「ちゃんと、本来の君達に戻ること。それができないなら、認められないな」

「やったぁぁぁぁぁ!!」「ナオさん……っ！」「……ナオっ！」

　僕の言葉に、三人が明るい笑顔を浮かべた。

「よ～し、善は急げだよ！　早速、雪音ちゃんと紅葉ちゃんを――」

「待って下さい、春」

「あれ？　どうしたの、杏夏ちゃん？」

　雪音と紅葉を復帰させるための行動に出るのは、僕としてもありだと思う。

　ただ、根本的な問題として……

「雪音と紅葉がどこにいるか、春は知っているのですか？」

「はっ！」

　そこなんだよね。二人の復帰に関して、最初の問題はこれだ。

　雪音と紅葉は、まだデビューをしていない練習生。

　だから、普通に考えれば『TiNgS』と同じブライテストのレッスン場でレッスンをしているはずなのだが……あの二人が、ブライテストのレッスン場に現れることは滅多にない。

学業の都合で、あまりレッスンに参加できないのか？　いや、それにしても少なすぎる。

僕がブライテストに入社してから二ヶ月間で、雪音と紅葉の姿をブライテストで見たのははたった三回だけ。となると、別の場所でレッスンをしていることになるとは思うのだけど……、普段彼女達がどこにいるかはさっぱり分からない。

加えて、それが分かったとしても、次の問題に……

「雪音と紅葉って、戻りたいって思ってくれてるのか、春って知ってる？」

「はっ！　はっ！」

というものがある。

「言われてみれば、どっちも全然分からなかったよ！」

できれば、言われる前に気が付いてほしかったけどね。

「マネージャー君、どうじよぉ～？」

そんな泣きそうな顔をされても……え？　僕が調べる流れなの？

「ううううう……」

「何とか調べてみるよ……。まずは、二人の居場所から……」

「わぁぁぁぁ！　ありがとう、マネージャー君！」

その顔は、反則だって……。

「さて、どうしたものかな……」

春達には、次の定期ライブに向けてのレッスンをするように告げて、僕はオフィスへ。

雪音と紅葉の所在地。必要不可欠な情報ではあるのだが、どこから入手できるのやら……。

☆

「んふふ～。何やら考え事かな？」

背後から上機嫌な声。振り返ると、兎塚七海が笑顔で僕を見つめていた。

「珍しいね、君がここに来るなんて。どうしたのかな？」

「ナオ君にお礼を言いに来ました！」

敬礼ポーズで見せる、年不相応の大人びた笑み。

その笑顔は、この業界に長くいたことで身に付いた一つの技術だろう。

まだ一七歳……と、簡単には言えない特別な存在。

それが、ブライテストの看板アイドル『ＦＦＦ』の一人、兎塚七海だ。

「新曲、ありがとねっ！　麗美とヒナも大喜びだったよ！」

麗美とヒナ。『ＦＦＦ』の残りメンバーだ。

「それなら、よかったよ」

今から一ヶ月ほど前。

僕は七海にあることを黙っていてもらう代わりに、曲を書く約束をした。

『FFF』のメンバーと僕は、以前からの顔見知り。

当時、所属事務所は違ったが、それでもお互いのことをそれなりに知っている間柄だ。

「ナオ君の新曲、お菓子のCMタイアップが決まったよ！　ありがとねっ！」

「僕よりも、君達のマネージャーのおかげじゃないかな？　曲を適切に売り込んでくれたからこそ、CMが決まったわけなんだし」

『FFF』の担当マネージャーは、メインは優希さんだがもう一人サブマネがいる。

社長業もある優希さんの手が回らない分は、その人がマネージャー業務を担っている。

「『やっぱ、ナッちゃんの曲はめちゃくそエグいわぁ～！　優希さんの曲もエグいけど、曲作りはナッちゃんに軍配が上がっちゃうわぁ～！　褒めたから、次もお願いしたいわぁ～！』。うちのマネージャーからの伝言でぇ～す」

心の中で、ガッツポーズ。

最後の一言は気になるが、悪魔社長に一泡吹かせられた達成感が勝った。

「ほんと、ナオ君って反則じみてるよねぇ～！　いつもは、最低でも三社は回るのに、今回は逆に五社からオファーがきたらしいよ！」

「たまたま運が良かっただけだよ」

「でも、狙ってたんでしょ？」

「……少しね」

七海から曲の依頼をもらったのは、五月。——となると、曲が発売されるとしたら、約半年後。だからこそ、飲料水やお菓子メーカーなど、アイドルの曲をＣＭに起用するケースが多い企業の冬の新商品に狙いを定めて曲を作る。もちろん、上手くいかない場合もあるけどね。

「というわけで、お返しをさせてよ！　ナオ君のお願い、何でも一つだけ聞いてあげる！」

「お返し？　いや、これは僕があのことを黙っていてもらう代わりに……」

「それは、曲の分でしょ？　ＣＭのお返しはちゃんとしないと！」

唐突に与えられた機会だけど、どうしようかな？　……あっ。そうだ。

「一つ聞きたいことがあるんだけど、いいかな？」

「内容にもよるかなぁ！　デリカシーのない質問だったらお断りぃ～！」

「その心配はないよ。君のプライベートにかかわる質問をするつもりはないからさ」

「ちょっとくらい、興味持ってくれてもいいじゃん！」

「すみません」

女の子って、難しい。

「まったくもう！　ナオ君はそういうとこ、気を付けてよね！　……で、なに？」

「雪音と紅葉がどこにいるか、知っていたら教えてほしい」

「雪音と紅葉の居場所？　どうしてかな？」

「彼女達を本来の姿に戻すために、必要な情報だからかな」

「お～う。なぁ～るほどねぇ～」

不機嫌から一転、納得の表情。

七海は、ブライテスト立ち上げ当初から所属している古株だ。優希さんからの信頼も厚く、以前のやり取りから『TiNgS』ともそれなりに付き合いもあることが分かる。

「んふふ！　たった二ヶ月で『TINGS』に辿り着くなんて、さすがナオ君だね！」

なんだか、七海の中で僕のハードルがドンドン上がってる気がする……。

「すぐに教えてもいいけど、それだけだとお返しには弱い気がするし……あっ！　そうだ！」

何かを閃いたのか、七海がポンと左の手の平を右拳で叩いた。

「ねぇ、ナオ君！　明日、『FFF』と『TiNgS』で合同レッスンしない？　場所は、ブライテストじゃなくて、『FFF』のレッスン場で！」

「『FFF』のレッスン場で？」

『FFF』はブライテストの看板アイドルだが、最初からトップアイドルだったわけではない。

コネも実績も専用劇場すらなく、雑居ビルのワンフロアだけ借りて始まった芸能事務所ブライテスト。そんな状況下から、様々な艱難辛苦を雑草魂で乗り越え、トップアイドルへとのしあがったアイドルグループ。それが、『FFF』だ。

『FFF（フライ）』のおかげで、ブライテストは今の自社ビルや専用劇場を得ることができた。

故に、その功績に見合った様々な特別待遇を受けている。

二人の専属マネージャー、専用劇場の優先使用権等、いくつかの特別待遇があるが、その中でも最も象徴的なものが、『FFF（フライ）』専用レッスン場の存在だろう。『FFF（フライ）』は、ブライテストではない別の場所に、彼女達だけのためのレッスン場を所持している。

そこに七海（ななみ）が『TiNgS』を誘ったということは……

「なるほどね。だから、雪音（ゆきね）と紅葉（もみじ）は滅多にブライテストに来なかったのか」

「ご名答！　話が早くて助かるよ！」

「だけど、いいの？　合同レッスンって言ってるけど、あまり『FFF（フライ）』にメリットは……」

「もっちろん！　私としても、可愛（かわい）い後輩が心配ですから！」

こなれたウインクを一つ。そう言ってくれるなら、素直にその厚意に甘えさせてもらおう。

「それに、このまま『TiNgS』と『ゆきもじ』がバラバラのままだと、次の公演で大変なことになっちゃうしね！　五人には、なるはやで元に戻ってもらわないと！」

ん？　次の公演？

「じゃあ、私はそろそろ行くね！　明日はよろしくね！　楽しみにしてるよ！」

「ちょっと待って。どうして、元に戻らないと次の公演で大変なことに――」

「それじゃあねぇ～！」

参ったな……。疑問の答えを得る前に、七海(ななみ)が去っていってしまったぞ。

確かに『TINGS』に戻ってもらうのは、出来る限り早いほうがいい。

だけど、元に戻らないからといって次の公演……定期ライブで大変なことになるとは……

「あれ？」

デスクにのせたスマートフォンが振動した。電話だ。表示された名称は、『日生優希(ひなせゆうき)』。スマートフォンを手に取り、耳元に近づけると、活気のある声が響いてきた。

『ナー坊、すまないね。君に一つ、大切なことを伝え忘れていたよ』

「大切なこと？」

『単独ライブの件さ。噴水広場成功の報酬を用意したと言っただろう？』

その瞬間、僕の全身に猛烈な悪寒(おかん)が走った。

まさか、七海(ななみ)が言っていた『次の公演』って……

『開催は八月末の日曜日。是非とも、最高のライブを実現してくれたまえ』

八月末……今から約二ヶ月後。つまり、あらかじめ会場を押さえていたってわけね……。

もし、噴水広場のミニライブが失敗していたらどうするつもりだったのやら。

って、そうじゃなくて、

「会場はどこかな？」

噴水広場で二〇〇〇を達成したから、次は五〇〇〇とか……言い出さないよね？

『ははは！　そんなに怯えなくてもいい！　規模としては、噴水広場よりも小さいよ。キャパは八〇〇人！　今の「TiNgS」であれば、容易く満たせるだろう？』

「まぁ、それくらいなら……」

まったく、驚かせないでほしい。無料のミニライブと有料の単独ライブで集客数に差は出るけど、そのくらいの数字であれば、少し広報活動を頑張ればどうにかなる数字だ。

いやぁ〜、よかった、よかった！　八〇〇人規模なら……いや、待て。

八〇〇？　キャパシティが、八〇〇人だって？

「ぐ、具体的な会場名を教えてもらってもいいかな？」

たった一つだけ、あるんだ。キャパとしては八〇〇と小規模な部類に含まれるけど、人を集めること以上にとびっきりに問題のある会場が……。

「さすが、ナー坊だ！　八〇〇の会場は数多存在するというのに、見事に特定してくれたか！私の考えをよく理解してくれている証拠だね！」

「何を考えているんだよ!?　今の『TiNgS』じゃ、あの会場は……」

『「TINGS」ならば、容易い会場だよ』

優希さんは、何が何でも彼女達に元に戻ってもらうつもりだ。

今の『TiNgS』では、あの会場でライブを成功させることは絶対に不可能。

だけど、『TINGS』なら成功させることができる。

そう考えているからこそ……

『それに、私よりもナー坊のほうがいい曲を書けるみたいだしねぇ～。私よりいい曲が書けるナー坊がいるなら大丈夫だよねぇ～』

おまけで、不貞腐(ふてくさ)れている！　それは関係ないでしょうに！

「ねぇ……、せめて公演を一ヶ月延期することは……」

『却下だね』

ですよねぇ～！　優希(ゆうき)さんは普段から面倒な人だが、不貞腐(ふてくさ)れた時の面倒さは尋常ではない。

言葉遣いが少し子供っぽくなり、メチャクチャなことを言ってくるんだ。

まぁ、どっちの状態であろうと、あの会場でライブをやらせるつもりなんだろうけど。

よりにもよって、あの会場を押さえるなんて……もしも失敗したら、最悪の事態になるぞ。

『「TINGS」の記念すべき初の単独ライブ。その会場は……』

そのライブ会場は、アイドルにとって最も重要な力を容赦なく奪い取る。

規模としては噴水広場に劣るが、ライブを成功させる難易度は噴水広場の遥(はる)か上。

アイドルの真価が試される、そのライブ会場の名前は……

『新宿(しんじゅく)ReNYだよ』

く2　ケイ

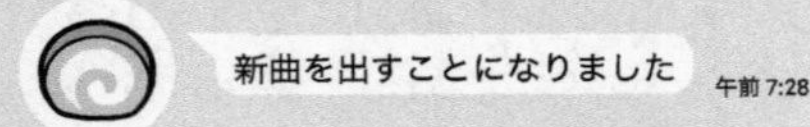

新曲を出すことになりました
午前 7:28

えっへん
午前 7:28

既読
午前 8:32
おめでとう。楽しみにしてるよ

まだ作詞も作曲も終わっていません
午前 8:32

既読
午前 8:33
じゃあ、頑張らないとだ

いっしょにがんばってくれないの？
午前 8:33

既読
午前 8:45
僕は別の事務所だよ

やったね
午前 8:45

既読
午前 8:45
何が？

がんばらないって言わなかった
午前 8:46

既読
午前 8:47
頑張るとも言ってないからね？

輝いてるぅ〜
午前 8:47

Aa

SHINE POST
シャインポスト

Did you know? The most ordinary, natural, and unique magic
to make me an absolute idol

第二章
祇園寺雪音と伊藤紅葉は、
《戻らない》

「いい店だな……」

都会の喧騒とはかけ離れた、穏やかな街並みにたたずむ古民家のような喫茶店。

テーブルの上には、たまごサンドとビターブレンドのコーヒー。

店内に流れる、八〇年代のアイドルミュージック。僕が生まれる前は、もしかしたらこんな雰囲気の店が沢山あったのかもな——なんて、知りもしない過去に想像だけで羨望する。

時刻は一六時。

窓際の四人席を一人で贅沢に使いながら、僕は久方ぶりの落ち着いた時間を過ごしていた。

「……ふぅ」

口の中に広がったたまごの甘みとマスタードの風味をコーヒーで流し込むと、苦みの後に爽快感が広がり、晴れやかな気持ちになる。……だけど、それは一瞬だ。

「よりにもよって、新宿ReNYなんて……」

『TiNgS』……いや、『TINGS』の初単独ライブ。会場は、新宿ReNY。

西新宿駅から少し歩いたところにあるライブホールで、収容人数は八〇〇人。

駅から近い場所にあり、天井に備え付けられたシャンデリアが非日常的な雰囲気を演出してくれる、場所的にも設備的にも非常にいい会場……なのだが、一つだけ大きな問題がある。

それが、ＲｅＮＹの構造だ。

ライブホール自体が二階にあり、一階ではファミリーレストランが営業している。

この構造上、ＲｅＮＹでライブを行う際、観客には一つの制限がかけられる。

それが、『ジャンプの禁止』。

こう聞くとシンプルで、大したことのない問題のように聞こえるが、その効果は絶大だ。

やってきた観客は、『階下に迷惑をかけてはいけない』という意識が強く植え付けられてしまい、ジャンプ以外のいつもは当たり前にやっている応援も自重してしまうし、何よりライブへの集中力を削がれてしまうんだ……。

ライブとは、アイドルと観客が互いを高め合って創り出していくもの。

だけど、ＲｅＮＹでは観客の力がほぼ全て失われ、一体感を生み出しづらくなる。

普段はもっと大きな会場を埋められる実力のアイドルが、ＲｅＮＹでライブをやった結果、盛り上げることができずに苦い思いをしたなんてのは、よく聞く話だ。

そんな危険な会場だからこそ、ＲｅＮＹでライブを成功させたアイドルは、その危険性に見合った大きな成果を得ることができる。

自分達の実力だけで観客達の集中力を取り戻し、一体感を生み出す。

ただのアイドルではない、『本物』のアイドルであると多くの人に認識してもらえるんだ。

だけど、今の『T・iNgS』じゃ……

「間違いなく、通用しない……」

特に、この制限の影響を強く受けるのは杏夏だ。

絶対にミスをしない安定感を売りにしている杏夏のパフォーマンスは、理解してくれているファンが盛り上げてくれるからこそ成立する。

古参のファンだけでReNYが埋められるのであれば問題ないが、そうはならない。

『T・iNgS』のファンは、未だに彼女達のライブを観たことがない、明確なファンではない『興味を持っている程度』の人達が多数いる。

そして、ReNYにやってくる観客の大多数はそちら側。

初めて観る、ミニライブではない正式な『T・iNgS』のライブ。

期待に満ち溢れた彼らに盛り上がりの薄いライブを見せてしまったら、こう思うだろう。

なんだ、実際のライブは大したことがないじゃないか。

必死に成功させた噴水広場のミニライブで得たファンを、全て失ってしまうんだ。

「『Yellow Rose』は問題ない。だけど……」

唯一、通用する曲は理王の『Yellow Rose』だろう。あの曲だけは、静かに聞くことが前提になっている曲だから、ReNYでも問題なく盛り上げることが可能だ。

だけど、『Yellow Rose』のようなスローバラードは、ライブ中に一曲だけやるからこそ価値のある曲。他に似たような曲を用意しても、逆効果になってしまう。

「本当に、どうしたものかな……」

あまりにも大きすぎる問題から、つい目を逸らしたくなり、首を六〇度ほど回転。

せめて、今だけは穏やかな街並みを眺めて気持ちを落ち着けようとしたのだけど、……失敗だったな。むしろ、より憂鬱な気持ちが溢れてきた。

「はぁ……。本当に、どうしたものかな……」

いるんだよね。窓に張り付いて、とても面白い顔で僕を睨みつける三人の少女が。

「マネージャー君、一人だけずるいよ！」

「ちょっとナオ！　あんた、何一人でやってんの！」

「マネージャーさん、今は業務時間ではないのですか？」

けたたましい鐘の音が鳴り、制服姿の少女達が猛然と店内へ突撃。

そのまま一直線に、僕の席までやってきた。さよなら、僕の穏やかな日常。

「早いね……。集合時間は一七時だったはずなんだけど……」

「大急ぎで来たの！　だって、今日はすっごく大事な日だもん！　……すみません！　カフェモカとたまごサンド下さい！」

「春、私のも！　たまごサンド二つ！　あと、アイスココア！」

「たまごサンドをもう一つ追加してもらえますか？　あと、紅茶をお願いします」

大事な日とは、僕の財布の余裕を奪うことだろうか？

三人仲良くたまごサンド（税込：一〇〇〇円）を一人一皿ずつ注文。

一皿に三つのたまごサンドが乗っているので、三人で分け合うという考えに至ってほしい。

一〇分後、僕の悲しき願いなど届くはずがなく、木製のテーブルには三皿九つのたまごサンドとそれぞれが注文した飲み物が届けられた。

「ん～！　美味しい！　マネージャー君、ありがと！」

「私、こんな美味しいたまごサンド食べたの初めて！　ありがとっ、ナオ！」

「これは、病みつきになりそうですね……。ありがとうございます、ナオさん」

「……どういたしまして」

交際費でどうにかなるか？　いや、以前の甘天堂の極上プリンはそれで失敗している。

何か別の申請内容を考えなければ……。

「はぁ～！　美味しかった！　これで、気合十分だよ！」

たまごサンドをペロリと平らげて、満足気な声を出す春。

そのまま、両隣に座る杏夏と理王を見つめると、

「杏夏ちゃん、理王ちゃん、今日は頑張ろうね！　絶対……、絶対に雪音ちゃんと紅葉ちゃんに戻って来てもらっちゃおう！」

満面の笑みを浮かべて、今日の目標を高らかに宣言した。

「当然です。やると決めた以上、必ずやり遂げてみせます。……私達五人の未来のために」

「ふふん！　この理王様がいて、失敗なんて有り得ないわね！」

まだ彼女達にReNYのことは伝えていない。余計なプレッシャーになると思ったからだ。

だけど、今の彼女達の笑顔を見ていると、不思議と何とかなる気がしてくる。

「ただ、一つ春にお願いがあるのですが、構いませんか？」

杏夏が真剣な眼差しを向けた。

「どうしたの、杏夏ちゃん？」

「私は雪音と紅葉の説得に全力を尽くします。ですから、春も全力を尽くして下さいね」

「そんなの当たり前だよぉ！　だって、言い出しっぺは私だもん！」

「その言葉、信じさせてもらいますよ……」

「うん！　じゃあ、最後に景気づけ！」

春が、明るい笑顔で返事を一つ。その後、手を前に出すと、

「ええ。分かりました」

「ふふん！　やってやろうじゃない！」

春が出した手の上に、杏夏と理王も自らの手を重ねていく。

「猪突猛進！」

「日進月歩！」

「獅子奮迅！」

「「「全身全霊！　TiNgS！」」」

☆

一六時五〇分。

喫茶店を後にし、その隣にそびえる白を基調とした建物の中へと足を踏み入れる。

すると、入り口で待っていた兎塚七海が僕らを笑顔で歓迎してくれた。

「おっ！　予定より一〇分も早いじゃん！　ナオ君やるぅ～！」

「なっなみちゃぁ～ん！」

いの一番にかけだしたのは春。あっというまに、七海の胸の中へと飛び込んだ。

「久しぶり！　元気してた？」

「春は相変わらずだねぇ～！　んふふ、もちろん私は元気だよ！　うりうりぃ～！」

「わっ！　七海ちゃん、くすぐったいよぉ～！」

抱き着いてきた春の頭を七海が全力で撫でまわし……その後、全力で頬ずり。

今日も七海の悪癖『可愛い子を全力で愛でる』は健在のようだ。なぜ、春は耐えられる？

「ん～！　やっぱり、美少女を愛でるのが私の元気の源！　というわけで、次はぁ～……」

「近づかないで下さい」「こっちに来ないで！」

杏夏と理王が、俊敏な動きで僕の背中へと隠れた。

「ありゃ？　どうしてだろ？」

怪しげな笑みを浮かべて、手をワキワキして近づいてきたからだね。

「仕方がない。じゃあ、私のエネルギーチャージは後回しにするとして……」

これだけ思い切り拒絶されても、まるでめげていないようだ。

「三人とも着替えてきてもらえる？　更衣室は、そこの角を曲がったところね！　で、着替え終わったら、二階のレッスン場に集合で！」

「はーい！」「分かりました」「うん！」

七海の指示に従って、『Ｔ・ｉＮｇＳ』の三人は更衣室へと向かっていった。

「で、ナオ君は、二階の休憩所にレッツ・ゴー！」

「休憩所？　僕は先にレッスン場に……」

「その前に、君と会いたがっている子達がいま～す」

「そう言われると、逆に緊張するんだけど？」

「またまたぁ～！　ナオ君が、この程度のことで緊張するわけないじゃん！」

七海の中で僕の評価って、どうなっているんだろう？

謎に上げられたハードルに内心で辟易しながらも、僕は二階へと上っていった。

「うわっ！　マジでナオがきたじゃん」

「わぁ〜！　本物のナオさんです！」

「久しぶりだね、麗美、日夏」

二人の少女に、僕は僅かな緊張感を抱きながら挨拶をした。

「おっひさぁ！　なんだ、前と全然変わってないじゃん」

梨子木麗美。年齢は一六歳。サイドポニーが、トレードマークの女の子だ。

「そんなことないよ。これでも、色々と変わったさ」

「そうなん？　パッと見は分からんなぁ〜」

「いきなり、ゴリラにでもなっていたほうがよかった？」

「わっ！　クソ真面目なナオが、杏夏みたいな冗談を言ってる！　確かに変わってるわ！」

杏夏みたいな冗談……。杏夏みたいな冗談か……。

「麗美ちゃんばっかりずるいです！　私もナオさんと話したいです！」

「おっ！　そっか、そっか！　んじゃ、選手交代で！」

「はい！　ヒナの番です！　ナオさん、ヒナは元気ですよ！」

陽本日夏。年齢は一二歳。

小さな体を大きく動かし、元気いっぱいのお辞儀。自然と笑みがこぼれる。

「そうみたいだね。日夏が元気そうで、嬉しいよ」

「んにゅ～」

ポンと頭を撫でると、日夏がやわらかな笑みをこぼした。

「相変わらず、ナオはヒナに甘いねぇ～」

「麗美のほうが甘やかしてると思うけど？」

「はははっ！　そりゃそうだ！」

兎塚七海、梨子木麗美、陽本日夏。この三人こそが、ブライテストの黎明期を支え、今も走り続けるアイドルグループ『FFF』。

シングルの最大売り上げはミリオン越え、ゴールデンに冠番組。

加えて、七海は地上波のレギュラーを三本持ち、麗美は今やっているドラマの主演の一人、日夏は雑誌の表紙をいくつも飾り、土日のイベントに引っ張りだこ。

トップアイドルと呼ぶにふさわしい、忙しなさの中にいる少女達だ。

「ほんで、ナオはどうするつもりなん？」

麗美が、興味深そうな視線でそう尋ねてきた。

「『TINGS』の件かな？」

「もっち〜。言っておくけど、あいつらは激ムズだよん？　一筋縄じゃいかないぜぃ？」

「そうですね……。とても複雑なお話で、ナオさんでもどうにかできるか……」

「まずは、二人の気持ちを知るところから始めようと思っているよ」

どれだけ春達が復帰を望んでいようと、二人にその気持ちがなかったら意味はないからね。

「へぇ〜。……んじゃ、今はあいつらの気持ちはまったく分からないと？」

「それは少し違うかな」

いつも、『T:iNgS』に対して敵対心を露わにしてきた『ゆきもじ』。

噴水広場のミニライブではライブ開始前にやってきて、観客の少なさに落胆し、その場から立ち去っていった。だけど、彼女達は……

「雪音と紅葉が、『T:iNgS』を大切に想っていることだけは、分かってるよ」

「それが、分かってるなら問題なしだ！」

麗美が満足気な笑みを浮かべた。

「ま、あいつらの実力に関しちゃ、私からお墨付きを出しとくよん！　なんてったって、ずっと『FFF』とレッスンを続けてたからね！　……この意味、分かるよねん？」

『FFF』とレッスン。トップアイドルから直々に指導を受けることができると考えると、雪音と紅葉は恵まれた環境にいるかのように思える。

それは、半分正解で半分不正解だ。なにせ、『FFF』のレッスンは……

「今日のレッスンが、楽しみになってきたよ」

この二ヶ月の間、『T・iNgS』は様々な難題に苦しめられてきた。

だけど、もしかしたら雪音と紅葉はそれ以上に……

「うん！　期待しててよ！　《ほんじゃ、後はナオに全部丸投げするわ！》」

「レミちゃん、冷たいですよ！　ヒナ達はヒナ達でできることをすべきです！」

「え～？　それは、ヒナの考えっしょ？　《私は違う考えだしぃ～》」

ぷっくらと膨れっ面をみせるヒナを、光り輝く麗美が笑って受け流す。

知ってるよ、麗美。いつも適当に振る舞っているように見える君だけど、それは照れ隠し。

本心を見せるのが恥ずかしくて、つい嘘をついちゃう……

「《面倒な後輩を、いちいち助けてる暇はないねぇ～》」

恥ずかしがり屋の、優しい女の子だ。

☆

麗美と日夏との会話が一段落したところで、僕は二人と共にレッスン場へ。

ただし、中に入っていったのは麗美と日夏だけ。僕は、入り口で七海に止められた。

「ナオ君は、三人が来るまでここでたいきぃ～」

とのこと。三分後、着替えを終わらせた三人がやってきた。

「おっまたせぇ～！」

「おっ！　来たねぇ～！　……気合は十分って感じ？」

「もっちろん！」

春が両拳をグッと握りしめて、ガッツポーズをとる。

「七海ちゃん、今日は本当にありがとう！　私達、絶対二人に戻って来てもらうから！」

「んふふ～。張り切るのはいいけど、合同レッスンってことは忘れずにねぇ」

「もちろんだよ！　『FFF』とレッスンをするのって初めてだから、すっごく楽しみ！」

……ん？　初めて？　『FFF』とレッスンをするのが、初めてだって？

もしかして、彼女達はあのことを知らないのではないだろうか？

「私も楽しみだよぉ～。でも、遠慮はしないからねぇ～？」

「ええ、それで構いません。私達は、多くの困難を乗り越えてきていますから」

「ふふーん！　この理王様の大いなる成長で、七海をビックリさせてやるんだから！」

杏夏と理王の態度……間違いない。三人はあのことを知らないんだ……。

どうやら、今日のレッスンは雪音と紅葉の件以外にも、『T・iNgS』にとって大きな意味を持つレッスンになりそうだな……。

「それじゃあ、いってみようか！　ようこそ、『T・iNgS』！　……ここが、『FFF』専用レッスン場、『FIRST　STAGE』だよ！」

七海が、レッスン場のドアを開く。すると、そこには……

「できた！　紅葉、遂にできたぞ！」

「うん！　針の山を通す隙間もないくらい完璧だった！」

「ははは！　それを言うなら、針の穴だ」

これまでの態度からは信じられない、無邪気な笑みを浮かべる雪音と紅葉がいた。

「よし！　これで、あとは……ん？　なぁっ！」

「紅葉ちゃん、雪音ちゃぁぁぁぁぁぁん!!」

雪音と紅葉の姿を確認すると同時に、春が全速力で突撃。

そのまま、思い切り雪音の胸の中へと飛び込んでいった。

「なっ！　ななっ！　春!?　なぜ、君がここに……」

「春ちゃんダーイブ！」

「きゃあ！」

何だか、雪音らしくない随分と可愛い声が聞こえたような……気のせいだろうか？

「会いたかったぁ！　いなかったらどうしようって、気が気じゃなかったんだからね！」

「いや、私様達はいつもここでレッスンをしているから……って、そうではない！」

突然の事態に混乱した雪音だったが、途中で冷静さを取り戻したのだろう。

「七海、どういうことだ⁉」

鋭い眼差しを、七海へと向けている。

「《あれぇ～？　言ってなかったっけぇ～？》今日は、『T・i・N・g・S』と合同レッスンをやることになってたんだよ！」

「まったく聞いていない。……やってくれたな？」

「んふふ～。そうとも言えるねぇ～」

雪音の怒りを、七海が笑顔で受け流す。

「あわわ……。いとおかし……。いとおかし！」

「紅葉、落ち着きなさい！　ただ、理王様と一緒にレッスンができるだけよ！　むしろ、喜ばしい事態とも言えるわ！」

慌てふためく紅葉のそばに理王が駆け寄り、傲慢な一言を。

いや、紅葉にとって喜ばしい事態とは言えないんじゃ……

「言われてみればっ！」

喜ばしい事態だったらしい。

「うん！　私、一緒にレッスンする！」

ねぇ、紅葉。君って、『TINGS』を脱退したんだよね？

「お久しぶりですね、雪音、紅葉。会えて嬉しいですよ」

春と理王に遅れて、落ち着いた様子で雪音達に語り掛ける杏夏。

僕は噴水広場で雪音達に会っているけど、杏夏達が最後に会ったのはその二週間前。

レッスン場で、雪音が解散の事実を伝えた時が最後だ。

「ふん。君の感想などどうでもいい。……あと、春はいい加減離れろ」

「うみゃぁ〜」

引っ付いていた春を力技で引き離し、ぶっきらぼうな態度を見せる雪音。

「で、何をしにきたのだ？」

「《『TiNgS』の解散が決定したので、報告に来ました》」

「なっ！　どういうことだ⁉　噴水広場のミニライブは成功したのだから——」

「テッテレー。お茶目なジョーク、大成功です」

だから、君の冗談は心臓に悪い……って、いつもなら言うんだけど、今日は言えないな。

見事だよ、杏夏。わざとカマをかけて、雪音の気持ちを——

「ふふふ……。笑いは緩急。驚きからの安堵という、完璧なお茶目なジョークです」

考えてはいなかったようだ……。

「だから、君の冗談はつまらんと以前から言っているだろう！」

「そんなはずは、ありません。私のお茶目なジョークは日々成長していますから」

「悪化という意味では確実にな！」

いったい、どうすれば杏夏のギャグセンスを磨けるのだろう？　最大級の難問だ。

「でも、心配してくれてたんだ？」

「ぐっ！」

杏夏が偶然にも作り出した雪音の隙を、春が的確に貫いた。

「ねぇ、雪音ちゃん……」

「なんだ？」

先程までの元気な態度ではなく、優しい声色で春が語り掛けた。

「今日、ここに私達が来たのは『FFF』と合同レッスンをするため。……だけど、それだけじゃない。……雪音ちゃんなら、分かってくれるよね？」

「…………」

沈黙を貫く雪音。だけど、春の言葉は止まらない。

「雪音ちゃん、紅葉ちゃん！　『TINGS』に戻ってきて！」

真っ直ぐに雪音を見つめ、誠心誠意の気持ちを伝える春。

「私達は、五人で一つ。貴女達の力が必要です」

「私も、雪音と紅葉にいてほしい！　ううん、いないとダメ！」

そんな春に続き、杏夏と理王も自分達の気持ちを二人へと伝えた。

「ふん。どうせ、そんなことだと思っていたよ」

が、三人の必死の訴えを受けても、雪音の態度が変わることはない。

それどころか、事態が悪化した。先程までは、上機嫌だった紅葉だが、

「私達、戻らない！　今の『TiNgS』には！」

復帰の話になった途端、強い拒絶の姿勢を露わにした。

「ダメ！　雪音と紅葉は戻ってくる！　理王様の決定は絶対よ！」

「むっ！　理王たん、私の言うことは、絶対の絶対！」

「うにゃっ！　絶対の絶対……ですって？　なら、こっちは絶対の絶対の絶対！」

「にょにょっ！　まさか、そんな手段を使ってくるなんて……ごくり」

本人達は大真面目なのは分かってるんだけど、……コミカルさがぬぐえないな。

「雪音、紅葉。貴女達に戻ってくる意志が今のところないことは伝わりました。ですが、私達も引き下がるつもりはありません。ですから、まずは教えていただけませんか？」

一度、理王を下がらせて杏夏が一歩前に出た。

「何をだ？」

「貴女達が、戻ってこない理由をです」

「ふん。それならば、脱退をする時も伝えただろう」

脱退する時にも伝えた？　それは、僕も知らない話だ。

「実力不足だよ」

一切の輝きを発することなく、雪音がそう言った。

確かに、僕がマネージャーに就く前の『T・iNgS』の状態はひどかった。

周りばかり気にして、安定感のなかった春。自信が持てず、消極的なパフォーマンスをする杏夏。自分の歌唱力をまったく活かせない理王。だけど、それは過去の話だ。

「雪音ちゃん、今の私達は……」

「変わっていないさ。……あの頃と何一つな」

「そんなことないよ！　杏夏ちゃんも理王ちゃんも、前と比べてずっと――」

「なら、君はどうだ？」

春の言葉を遮り、雪音がそう言った。

「この二ヶ月間の定期ライブ。そして、噴水広場。その結果については、私様も評価している。特に、杏夏と理王だ。二人は、以前と比べて明らかに成長している。……が、しかしだ。一人だけ、何も変わっていないアイドルがいる」

雪音が、鋭い眼差しを向けた先は一人。……春だ。

「春、君は何も変わっていない。今も昔も、あの頃のままだ」

「……っ！」

冷酷に告げられた雪音の言葉に、春が過敏な反応を見せる。

以前から、そうだ。『T・iNgS』に対してライバル心を見せる『ゆきもじ』。

だけど、その中でも……

「成長のないアイドルなど、アイドルであるものか」

雪音の、春に対する態度は群を抜いて鋭いものになっている。

「はいは～い！　喧嘩はそこまでぇ～！」

重たくなりすぎた空気を察してか、七海が雪音と春の間に割り込んだ。

「んふふ。ピリピリの君達に、お姉さんから一石二鳥の提案をさせてもらおうかな！」

「「一石二鳥？」」

雪音と春が、そろって首を傾げた。

「今日は合同レッスン！　一緒にレッスンをした後に、もう一度話してみたらどうかな？」

「あっ！　七海ちゃん、それはナイスアイディアだよ！」

「なるほどな。……そう考えると、願ってもない機会のようだな」

七海の提案に、春も雪音も乗ったようだ。

「杏夏ちゃん、理王ちゃん、やろう！」

「当然です」「任せなさい！」

「紅葉、見せてやるぞ。今の私様達を」

「うん！」

「よぉ～し！　それじゃ、配置について！　こんな大人数でレッスンするなんて初めてだから、お姉さんワクワクしちゃってるよ！」

七海の指示に従い、それぞれ配置につく五人。

センターに春、左側に杏夏と紅葉、右側に理王と雪音。

まるで、それが当たり前であるかのような動き。きっと、全員無意識なんだろうな……。

「紅葉、一つ聞いてもいいですか？」

「なに、杏夏たん？」

「貴女達は、本当に実力不足が原因で『TINGS』を脱退したんですね？」

「うん！　嘘じゃない！　実力不足だから脱退した！」

「そうですか……。ありがとうございます」

「……？　どうして、お礼を言うの？」

杏夏の言葉に、首を傾げる紅葉。……少しだけ、見えてきたな。

「ねぇ、雪音……」

「なんだ、理王？」

「雪音は、ずっと前から上手になるためにここにいたの？」

「当然だ。ここ以上に、実力を向上させられる場所はないからな」

「そっか……。じゃあ、私も雪音と一緒に頑張るっ！」

「勝手にしろ」

張り切る理王に、ぶっきらぼうな態度で返事をする雪音。だが、拒否はしなかった。

「じゃあ、始めるよ！　曲は『TiNgS』が定期ライブで使ってる、私達のカバー曲！　これなら私達も教えやすいし、定期ライブでも役に立つからね！」

さて、ここからは僕にとっても大切な時間だ。

雪音と紅葉。かつて『TINGS』にいた二人の少女。

彼女達の実力を、この眼で確かめさせてもらおうじゃないか。

「ほんじゃま、見せてもらおうかね。今の『TiNgS』を、さ」

「ふっふっふ！　お手並み拝見です！」

少し離れた場所で様子を見る僕のそばに、麗美と日夏がやってきた。

彼女達からすると、杏夏達の実力に興味があるんだろうな。

「なぁ、ナオ。『TiNgS』には、七海のことは教えてるん？」

「教えてないよ。……というか、一緒にレッスンをしたことがあると思ってた」

「うげ、まじか……。それ、まずくね？」

「問題ないさ。だって、雪音と紅葉は今まで耐えてきたんでしょ？」

「えぐ……。やっぱ、ナオはきっちいわ……」

今日の合同レッスンには、杏夏達が気づいていないもう一つの試練がある。

「んふふ……。可愛くっても甘やかさないからねぇ～」

それが、兎塚七海。このレッスンを通して、恐らく杏夏達は思い知らされるだろう。

実績も資金もない状態から、なぜ『FFF』がトップアイドルまで辿り着けたかを……。

「ミュージック・スタート！」

七海の合図と同時に、音楽が奏でられ始めた。

流れ始めたのは、『FFF』のライブで必ず最初に使われる曲、『FIRST　STEP』。

高揚感を刺激するイントロが流れ、同時に五人の少女がダンスを踊り始めた。

………………

……

「……っ！　これは驚いたな……」

レッスンが始まって僅か五秒。僕は思わず声を漏らしてしまった。

優希さんの言葉、麗美と日夏の自信たっぷりの態度から、雪音と紅葉が杏夏や理王に匹敵する才能を持っているとは思ったのだけど……

「本当に、優希さんはとんでもない子達を集めたな……」

二人の実力は、僕の想像を遥かに超えるレベルで仕上がっていた。

「……っ！　……いと、おかし！」

伊藤紅葉。年齢は一四歳。

彼女の才能は、ある意味理王と似ていて、ある意味理王と正反対のものだ。

圧倒的なダンス力。教えられたことを的確にこなすだけではなく、一つ一つのダンスのレベルがとにかく高い。更に独自のアレンジを加え、より魅力的なダンスを生み出している。

「……はっ！　……ふっ！　……んんっ！」

祇園寺雪音。年齢は一六歳。

ダンスも歌も、どちらも高水準。まだデビューをしていない練習生の実力ではない。

だけど、そのハイレベルなパフォーマンス以上に、彼女が優れているのは……なるほどね。

優希さんが、雪音をあれ程までに高く評価していた理由がよく分かったよ。


……………

……


濃密な五分間が経過し、一曲目が終わりを告げた。

『TiNgS』の出来栄えは、僕からしたら及第点。雪音達への想いが強かったからか、噴水広場で行ったライブ以上のパフォーマンスをみせていた。

「どうですか、雪音、紅葉？」

「これが、今の私達だよ！」

「はぁ……。はぁ……。はぁ……。『TiNgS』はすごいんだから！」

三人も、それを肌で感じ取ったのだろう。自信に満ち溢れた表情を浮かべている。

それ故に、少し気の毒に思ってしまう。

彼女達は、まだ気づいていないのだから。……これから始まる、大きな試練に。

「なぁ～るほどねぇ～」

出てくるぞ……。兎塚七海の裏の顔が。

「まず杏夏だけど……」

「はい！　いかがでしたか？」

「つまんない」

「なっ！」

端的に告げられた言葉に、杏夏が衝撃を受ける。

「ですが、私はミスをせずに……」

「新人アイドルレベルなら、ミスなく踊れること自体を評価してもらえる。だけど、それが通用するのは、新人アイドルまで。私達はプロなんだから、ミスをしないのは当たり前」

「うっ！」

「杏夏は代わり映えがないの。同じ曲をライブでやるとしても、同じパフォーマンスをやるなんて有り得ない。『今日は何をしてくれるんだろう？』、そんな風に来てくれた人達を期待させる、細かいマイナーチェンジを意識しなさい」

「……分かりました」

ライブでは、同じ曲をやろうと同じパフォーマンスをするのは言語道断だ。

ファンの人達は、一度ではなく何度もライブに来てくれる。だからこそ、その人達を飽きさせないために、同じ曲でもパフォーマンスを変化させる。これは、絶対にすべきことだ。

「次に理王だけど……」

「ふふん！　私の歌は、完璧だったんだから！」

「何言ってるの？　ひどいのは、歌のほうだよ」

「んにゃっ！　そんなことない！　私、ちゃんと歌えてた！」

「最初はね。でも、後半は全然声が出てなかった。原因は二つ、一つが無駄な動きが多いこと、もう一つが根本的なスタミナ不足。無駄な動きを減らしつつ、スタミナをもっと増やす。理王が歌えなくなったら、ライブが台無しになる自覚を持ちなさい」

「うにゅ……」

理王のスタミナは、決して低いわけではない。だけど、ダンスでの消費量が多いんだ。

結果として、後半にスタミナ切れを起こして声が出なくなっていく。頭と体の両方で覚えるダンスよりも先に、シンプルに身に付けられるスタミナから。正しい判断だ。

「で、紅葉」

「うん！　私、バッチリ踊れた！」

『TiNgS』、『ゆきもじ』の順で指導するわけではなく、杏夏と理王の次は紅葉。

なるほどね。あの子は最後に回すつもりか。

「紅葉一人がバッチリ踊れても意味ないの。調子に乗りすぎ」

「にょっ⁉」

自分は完璧にやりきったと思っていたのか、七海の言葉に混乱している。

「アレンジを加え過ぎて『グループ』じゃなくて、『伊藤紅葉』のダンスになってる。アレンジをするなら、『グループ』がより魅力的になるものにしなさい」

「……はい」

他のメンバーが同じダンスを踊る中、一人だけアレンジを加えたダンスをやってしまっては、むしろ統一感を崩して見栄えが悪くなる。アレンジを加えていいのは、全員が同じダンスを踊るタイミングではなく、それぞれが異なるダンスを踊るフリーパート。もしくは、自分がピックアップされるソロパートだけだ。

「で、雪音だけど……」

「遠慮せず、何でも言ってくれ」

覚悟を決めた表情でそう言う雪音だが、よく見ると手が震えている。

「よかったよ、ダンスも歌も。パフォーマンスとして、問題はなかった」

「……ほっ。そうか！　うむ！　なら──」

「けど、最低のパフォーマンスだった。こんなんなら、ライブをさせる価値はないね」

「なっ！」

一瞬気が緩んだ雪音に、想像を遥かに上回る言葉を七海が放った。

「と言っても、これは雪音だけに言ったわけじゃないんだけどね」

だろうね……。

「杏夏、理王、紅葉。あんた達も、同じだから」

「「「…………っ！」」」

四人とも、今の自分にできる最高のパフォーマンスをした。

にもかかわらず、七海から最低のパフォーマンスと評されてしまった。

「どういうことだ？」

雪音が、震える手を握りしめ、鋭い眼差しを七海へと向けている。

「あんた達さ、今のレッスン、誰に見せるためにやってた？」

「……あっ！」

そこで、四人は自分達がやってしまった大きな失態に気づいたようだ。

「ライブは、来てくれた人達のためにやるもの。なのに、あんた達はお互いを意識してばっかりで、とにかく『自分はすごいんだ』って独り善がりなパフォーマンスをしてた」

レッスンでは常に本番を意識して、観客がいると思って行う。これは、基礎中の基礎だ。

「誰かのために輝けないなら、アイドルじゃないから」

これこそが、ファンの前では決して見せない、兎塚七海の裏の顔。

楽しいだけがアイドルじゃない。むしろ、それはほんの一部。ファンの人達に見せない大部分は、泥臭い努力と心をえぐり取るような現実の厳しさで成り立っている。

資金も繋がりも設備も……何もかもを持たないところから始まった『ＦＦＦ』。

様々な艱難辛苦に襲われ、歯を食いしばりながら雑草魂で乗り越えてきた七海。

彼女の『アイドル』に妥協はない。

「うひゃ～……。やっぱ、七海は容赦ねぇわぁ～」

「七海ちゃん、ギラギラモード突入です……」

「僕からすると、五人ともいいパフォーマンスだったけどね」

「へぇ～……。んじゃ、前の相方の基準で考えると？」

「……嫌な質問だね」

僕はあくまでも、現状の『ＴｉＮｇＳ』のアイドルとしてのポジションを基準として、五人を評価していた。だけど、七海の基準はそこではない。

五人が将来進む可能性のある……トップアイドルの基準で評価している。

「じゃあ、最後に春だけど……」

「う、うん！」

ようやく、最後の一人か。まぁ、春に関しては……、

「んふふ！　言うことなーし！」

僕も同意見だよ。たとえ、七海以上の基準で評価していたとしてもね。

彼女には、指導をする箇所が一つもなかった。だからこそ、最後に回されたんだ。

「ほんと！　やったぁぁぁぁ!!」

「なっ！　……ぐっ！　ぐぅぅぅ!!」

飛び跳ねて喜ぶ春と、悔しそうに拳を握りしめる雪音。

あれだけの啖呵を切ったんだ。雪音としては、絶対に負けるわけにはいかなかっただろう。

「春は完璧だったね！　統一感を崩さないアレンジの入ったダンス、声も最後まで出てた！何より、来てくれた人達をちゃんと意識したパフォーマンスをしてるのがすごくいいよ！　だから、なーんにも言うことなし！」

「さすがに褒め過ぎだよぉ～！　ほんとは、ダメなところもあったでしょ？」

「ん～……。そうだなぁ～。じゃあ、一つだけ！」

七海が笑顔で、人差し指を立てた。

「アイドルは、褒められた時は素直に喜びなさい！」

「あっ！　そうだった！　ごめんなさい！」

「んふふ！　いいよぉ～！　大目に見てあげる！」

「……～～～っ！」

本当に七海は容赦がない……。技術面でも精神面でも、雪音の成長を望んでこそのことだろうけど、ここまで明確に差をつけた評価をするなんてね……。

「七海、次だ！　早く次の曲を演らせてくれ！」

「んふふ。いいよぉ～。それじゃあ、次の曲にいってみようか！」


レッスン開始から一時間が経過したところで、一度休憩に。

お互いの実力を見せてやると張り切っていた春と雪音だが、

「ふっふっふ！　どうだ、雪音ちゃん！」

「……ぐぬぬぬ！」

「あわわ……。雪音たん、大ピンチ……」

結果は、春の圧勝。

アレ以降も雪音は何度も七海の指摘を受けたが、春は一切の指摘を受けなかった。

「というわけで、雪音ちゃんと紅葉ちゃんには、『TINGS』に――」

「戻らん」

「えぇぇぇぇ!!　どういうこと!?　話と違う！」

「違わない。いつ、君が勝ったら戻るなんて話をした？」

「言われてみれば！」

してないね。これっぽっちもしてないね。

「でも、私は七海ちゃんに何も指摘されてないよ！　雪音ちゃん、『私は変わってない』って言ってたけど、指摘を受けなかったんだから……」

「『指摘を受けない』と『以前と変わらない』は別物だ。今のレッスンを通して、君を確認させてもらったが、色々と分かったよ。……やはり、君は以前から何も変わっていないな」

「むぅ～！　雪音ちゃんは、すっごく上手になってた！」

怒りながら褒めてる……。いったい、どういうメンタルなのだろう？

「お褒めにあずかり、光栄だ」

「じゃ、褒めたから『TINGS』に戻ってくるということで――」

「戻らん」

「えぇぇぇぇ!!　どういうこと!?　話と違う！」

「違わない。いつ、君が褒めたら戻るなんて話をした？」

「言われてみれば！」

あれ？　デジャヴ？　一〇秒前に、まったく同じやり取りをしてたよ？

「こうなったら……杏夏ちゃん、理王ちゃん！　何かいいアイディアをちょうだい！」

あっという間に、他力本願へ転換。

しかも、とった手段は悪手中の悪手だ。なにせ、今の杏夏と理王は……

「私はダメでしたぁ～……。ポンコツのポンポコポンですぅ～……」

「うにゅ～……。理王様がぁ～、この理王様がぁ～……」

「なんということでしょう！」

七海にみっちりと絞られて、精神崩壊中なのだから。

二人仲良く、レッスン場の隅に地縛霊のように座り込んでしまっている。……こわっ。

「話は終わりか？　ならば、私様達は戻らないという結論で構わないな？」

「春たん、私達は戻らないよ。今の『TiNgS』、つまんないもん」

「むぅううううう！」

勝ち誇った笑みを浮かべる雪音と紅葉に対して、ほっぺたを膨らませて唸る春。

だが、何も策が思いつかなかったのだろう。クルリと背中を向けると、

「覚えてろぉおおおおおお!!」

定番すぎて実際に聞く機会が滅多にない捨て台詞を残して、レッスン場を去っていった。

何かしらの作戦を考えるためだろうけど……、休憩時間が終わるまでには戻って来てよ？

「ふん。もう忘れた」

「春たん、やっぱり変」

淡泊な反応で、春を見送った雪音と紅葉。そのまま、休憩をすると思ったが、

「それで、君達はいつまでそうしているつもりだ？」

「杏夏たん、理王たん、元気出して」

落ち込んでいる杏夏と理王の下へと向かっていった。

「雪音達は、いつもこのようなレッスンを続けていたのですね……」

「む……。そうではあるが……」

「噴水広場のライブを成し遂げて、それなりに実力がついたと思ったのですが、思い上がりでした……。少なくとも、私は現時点で貴女達よりも遥かに実力で劣っています……」

「だとしても、ライブの経験値が高いのは君達だろう？　実力が優れていたとしても、本番でそれを出せるかどうかは別の話ではないか」

「貴女達に、それができないわけがないじゃないですか」

「むぅ……」

「紅葉、すごいね……。やっぱり、ダンスすごく上手だよ」

「理王たんの歌もすごい！　だから、どっこいしょ！」

「ううん、違うよ……。私は、ちゃんと歌えてなかったもん」

「理王たん……」

落ち込む杏夏と理王を、何とか元気づけようとしたが上手くいかない雪音と紅葉。

二人ともどうしたらいいか分からず、困惑した表情を浮かべている。

どうしたものかな？　今のままだと、今日のレッスンで杏夏と理王の自信が木端微塵に砕かれて、明日以降の活動に大きな影響を及ぼしかねないんだけど……いや、懸念だったね。

彼女達にはいるのだから。

「へいへいへ～い！　予想通りにへこんでるねぇ～！」

「シオシオです！　お水をもらえなかった野菜さんみたいです！」

頼れる先輩達が。

「どうだった？　うちら、『FFF』の実力は？」

「素晴らしいの一言に尽きます……。まさに特別な存在に足る、素晴らしいパフォーマンスでした。それに比べて私は……、まだまだ陳腐な存在です」

「もっともっと上手にならないといけない。こんなんじゃ、みんなの力になれない……」

レッスンでは、『TiNgS』と『ゆきもじ』だけでなく、『FFF』のパフォーマンスを見る機会も与えられた。見せられたのは、絶対的な差。ライブや映像で見た経験はあったのだろうが、間近で見たことで、より一層強く感じ取ってしまったのだろう。

「いいねぇ。悔しがれるってことは、まだ折れてないってことだ」

「ですです！　二人とも、シオシオですけどまだ枯れてません！」

そんな二人の反応を見て、麗美と日夏が上機嫌な笑みを見せる。

「なぁ、杏夏、理王。一つ、面白いことを教えたるよ」

体を屈ませて、優しい笑みを浮かべた麗美が、杏夏と理王を見つめる。

「実を言うと、私らとあんたらは、一つ一つの実力にそこまで差はない」

「え！　そんなはずはないです！　だって、『FFF』はあんなにも……」

「あるんだなぁ～。てか、安定感だったら杏夏のほうが上だぜ？　私、ライブでも調子に乗ってちょいちょいやらかすしねぇ～」

カラカラと軽い調子で、麗美がそう言った。

「理王ちゃんの歌も、わたしよりもずっとずっと上手です！」

「私が、日夏より上手？」

「はい！」

麗美と日夏の言葉に、間違いはない。シンプルに安定感や歌唱力で杏夏や理王と競ったら、いくらトップアイドルの『FFF』といえども勝ち目は薄い。

それほどまでに、二人の才能は飛び抜けているんだ。

「だけど、パフォーマンスとしては『FFF』が上。……さぁ～て、なぁ～んでだ？」

「ずばり、引き出しの多さです！」

「せいか～……って、ヒナが答えるんかい！」

「答えちゃいました！」

悪びれ無い笑顔で、日夏が元気に答えた。

「引き出しとは、どういうことでしょう？」

「まぁ、そうだなぁ～。……あ、杏夏の得意な勉強で考えてみなよ！」

「勉強で？」

「例えば、数学は一〇〇点を取れるけど他は二〇点しか取れない奴と、全科目で八〇点を取れる奴だったら、平均点はどっちが上になる？」

「……っ！　もちろん、後者です！　そういうことですか！」

「そゆことぉ～。アイドルってのは、『歌』と『ダンス』以外にも、色んな科目があるんだ。シンプルに上手いだけじゃダメ。他にも色んな引き出しを使って、自分達を魅力的にみせる。一番上手い奴じゃない。一番魅力的な奴が、最高のアイドルってわけさ！」

少し悪い言い方になってしまうかもしれないが、トップアイドルの中にはダンス力や歌唱力が低い子というのは、実を言うと結構いたりする。

だけど、その子達には別の引き出しがある。自分を魅力的にみせる技術を持っているんだ。

「私はミスをしない。……ですが、それで終わりではありません！　もっともっと、色々なことを学んで、使える引き出しを増やさなくてはならなかったのですね！」

「私も！　色んなことが上手にならないと、みんなの力になれない！」

「話が早くて助かるよん！　んじゃ、今日のレッスンで、引き出しを増やしてみっか？」

「はい！」「うん！」

杏夏と理王の瞳から、先程までの陰鬱な雰囲気は消えて、今は希望で満ち溢れている。

「どうやら、立ち直ったようだな」

「理王たん、もう平気そう！」

雪音と紅葉が、嬉しそうな笑みを浮かべている。

「お見苦しいところを見せてしまって申し訳ありません。もう大丈夫です！」

「ふふーん！　当然よ、紅葉！　理王様はいつだって、理王様なんだから！」

今日のレッスンで、これから先も七海から厳しい指導を受けることになるだろう。

でも、きっと彼女達なら乗り越えることができるだろうね。

「ただいまぁ！　雪音ちゃん、紅葉ちゃん、今度こそバッチリ説得を……って、あれ⁉」

ちょうどよく、春がレッスン場に戻ってきた。片手に沢山の飲み物が入ったビニール袋。

恐らく、飲み物を餌に説得しようとしていたんだろうけど……

「なんで、私だけ仲間外れになってるの！」

四人で一緒にいたことが、本人としては不服なようだ。

「よし！　休憩おしまい！　みんな、続きをやるよ！　早く来なさーい！」

「えぇぇぇぇ！　七海ちゃん、まだ私は……」

「ダメでぇ～す！　最優先は、レッスンですから！」

「そんなぁ～！　うぅ～……分かったよぅ……」

渋々とレッスンへ向かっていく春。その様子を見て、笑顔をこぼす四人。

確かに今の彼女達は、別々のグループだ。だけど、その気持ちは……

「ありがとうね、麗美、日夏」

五人が七海の下へ向かった後、僕は麗美と日夏へお礼を伝えた。

「《別にぃ～。こんなん、ただの暇つぶしだよぉ～ん》」

「七海ちゃんが、ピカピカの太陽さん。麗美ちゃんが、みんなを元気にするお水さん、ヒナがみんなを支える土さん！　それが、『FFF』です！」

互いが互いを支え合い、高め合った時、初めてグループは一つの形を成す。

『TINGS』は、本当にいい先輩に恵まれてるな……。

「ま、杏夏達にはああ言ったけど……」

麗美が、少しバツが悪そうに後頭部をかいた。

「一人で全科目二〇〇点をはじき出す、とんでもない奴もいるんだけどねぇ……」

「だとしても、ヒナ達も負けません！　一人で二〇〇点を出すなら、『FFF』は三人で三〇〇点をとっちゃいます！」

「そうだな、ヒナ！　私らもまだまだ成長途上だ！」

たとえ今は誰も辿り着けなくても、これから先、辿り着くアイドルは必ず現れる。

トップアイドルを越えた、『絶対アイドル』の領域に……。

☆

二一時。合同レッスンは終わりをつけ、三人は帰り支度を整えにいった。

『FFF』との合同レッスン。初めて目の当たりにした、トップアイドルの泥臭い真実。

それが、より一層彼女達を高みへと導いてくれるだろう。

……けど、それで今日という一日が終わるわけではない。

確かに、杏夏達は大きな一歩を踏み出した。

だけど、その一歩を以てしても、今の彼女達では越えられない壁が存在する。

新宿ReNY。アイドルの真価が試される、これまでとは全く別次元の難しさを持つ会場でのライブを成功させるためには、『TiNgS』ではなく……

『TINGS』にならなくては、ならないんだ。

「少し話せるかな？」

「あっ！　マネージャーたん！」

「……ん？　マネージャーちゃんか」

休憩所にいる二人の少女に声をかけると、対照的な二つの反応。雪音と紅葉だ。

「何の用だ？」

「君達に伝えたいことがあってね」

「伝えたいことだと？」

雪音の鋭い眼差しが僕を貫く。だけど、そこに恐怖も嫌悪感も抱かない。

だって、僕には雪音が必死に強がっている一人の懸命な女の子に見えたから。

隠せていたつもりかもしれないけど、ちゃんと知っているんだよ……。

「ありがとね、噴水広場で『ＴｉＮｇＳ』を助けてくれて」

君達が、本当はとても優しい女の子達だってことはさ。

「……っ!!」

雪音の体が強く震えた。

「にょっ！　マネージャーたん、なんでそれを……」

「あっ！　紅葉！」

過敏な反応をした紅葉を、慌てて雪音が制すがもう手遅れだ。

「やっぱり、そうだったんだね……」

「〜〜〜っ！」

雪音が顔を真っ赤にして、顔をうつむかせる。

噴水広場で行われたミニライブ。

開始直前に僕の前に現れた雪音と紅葉は、集まっている観客の少なさに落胆し、『T・iNgS』を嘲笑するような言葉を残して、その場を去っていった。

だけど、彼女達は決して帰ったわけではない。雪音と紅葉は……

「帰ったふりをして、『T・iNgS』のビラを配ってくれたでしょ?」

始まったミニライブの最中、途中から来てくれたお客さんの中に何人かいたんだ。

どこかで手に入れたビラを持っていた人達が。

最初は、誰がそんなことをしてくれたか分からなかった。

だからこそ、ビラを持っていた人に聞いたんだ。「それ、どこでもらいました?」って。

そうしたら、教えてもらえたよ。

すごく必死な二人の女の子達から受け取った。素敵なライブだから、絶対に観てほしい。

あんな必死にお願いされて、来ないわけにはいかなかったと。

「噴水広場のミニライブは、『T・iNgS』だけじゃ成功できなかった。……いや、この言い方自体が間違っているね……」

「君達が、『TINGS』だからこそ、噴水広場のミニライブは成功できたんだ」

今日、春は何度も『戻ってきてほしい』と雪音と紅葉に伝えていた。

そして、その度に二人は『戻らない』と返答をしている。そこに輝きはない。

でも、これだけで本当の気持ちは見えてこない。だからこそ、僕は彼女達にこう聞くんだ。

「ねぇ、雪音、紅葉。『TINGS』に戻るつもりはない？」

「《当然だ》」

「《うん！》」

ようやく、僕が一番聞きたい言葉を引き出せたよ。

「見えたよ。……何もかもね」

かつて、『実力不足』という理由で『TINGS』を脱退した雪音と紅葉。

にもかかわらず、今日のレッスンの節々で、まるで五人であることが当たり前のような動きを見せていた。彼女達の心は、今でも『TINGS』に残っているんだ。

だけど、決して本心は伝えようとしない。それは、当然の結果だ。

だって、雪音と紅葉は……

「本当の『TINGS』だったら、どうかな？」

「「……………っ!!」」

戻らないのではなく、戻りたくても、戻れないのだから。

「どういう意味だ？」

「マネージャーたん、知ってるの？」

雪音と紅葉が、探るような瞳で僕を見つめる。

映し出される感情は僅かな警戒心、そして、強い不安。

「知っているよ……。『TINGS』が抱えている大きな問題はね。そして、その問題に誰よりも先に気が付いたからこそ、君達は『TINGS』を脱退した。自分達のためじゃなくて……、『TiNgS』のために。……そういう意味では、君達と僕の目的は同じだね」

「同じだと？　なら、マネージャーちゃんの目的は……」

「嘘偽りのない、真実の『TINGS』を創り出す」

「……そうか」

先程までとは違う、穏やかな表情を浮かべながら雪音が言葉を漏らした。

「マネージャーちゃんは、いいマネージャーちゃんなのだな……」

「雪音たん、すごいよ！　私達だけじゃなかった！　マネージャーたんがいれば──」

「ダメだ。だとしても、私様は戻らん」

「え？」

希望に溢れた紅葉の声を、厳格な雪音の声がかき消した。

「マネージャーちゃん。すまないが、その件は他言無用でいてもらえないか？」

「どうしてだい？」

「………」

雪音が沈黙する。

「理由が分からないと、言っちゃうかもしれないな」

「……あっ！　ダメ！　言う！　言うから、待って！」

「え？」

あれ？　何だか、雪音の口調が少しおかしくないか？

いつもは、仰々しい喋り方をしていると思ったんだけど……

「雪音たん、漏れてる」

漏れてる？　もしかして、雪音の本当の姿って……

「だって、マネージャーちゃんがイジワルするから……」

恥ずかしそうに体をもじもじと揺らして、弱気な声をもらす雪音。

「その、ね……。私が、解決しなくちゃいけないの……。マネージャーちゃんの力を借りちゃダメ。私が解決しないと、絶対にダメ……。それまでは戻れない」

「どうして、君がそこまで？」

「……約束したから」

今にも消えそうな声で、雪音がそう言った。

「困ってたら助けるって、約束したの……。私は、もう知ってる。本当は、ずっと苦しんでることを。……だから、私が絶対に助けなきゃいけない」

どうやら、雪音が抱えている想いは、僕の想像を遥かに上回るものだったようだ。

「分かった。約束するよ」

「ごめんね……。前に私は約束をやぶっちゃったのに……」

噴水広場のライブが失敗したら、『T・i・N・g・S』は解散。

その事実を、『T・i・N・g・S』よりも先に知った雪音と紅葉は、一度は誰にも話さないと約束してくれた。だけど最後の最後で、雪音は解散の事実を『T・i・N・g・S』へ告げてしまった。

だけど、決して雪音は『T・i・N・g・S』の足を引っ張るために伝えたのではない。

「困ってたから、助けようとしたんでしょ？」

雪音は、『T・i・N・g・S』を奮起させるために、その事実を伝えたんだ。

「だったら、問題なしさ」

「……ありがとう」

「ありがとう、マネージャーたん！」

二人の少女の笑顔に、僕もまた笑顔で返す。

「……こ、こほん！　では、私様達はそろそろレッスンに戻るよ。……マネージャーちゃん、色々と迷惑をかけてすまないな」

「マネージャーたん、ごめん」

「アイドルの迷惑は喜んで引き受ける。マネージャーの仕事さ」

最後にそう言葉を交わしたところで、雪音と紅葉はレッスン場へと戻っていった。

「さて……、どうしようかな？」

雪音と紅葉が『TINGS』を脱退したか、なぜ戻ってこないかは分かった。

そして、何をしようとしているのかも……。

だけど、二人は一つだけ大きな勘違いをしてしまっている。

今のままでは、間違いなく雪音と紅葉の目論見は失敗してしまう。

決して、真実の『TINGS』には辿り着けないんだ。

それを気づかせることができるのは……

「マネージャー君、おっまたせぇ！」

「ふふん！　理王様、帰宅の準備万端なんだから！」

「ナオさん、お待たせしました。雪音と紅葉は……まだレッスンですか……」

彼女達を、信じるしかなさそうだね。

TiNgS!

< 2　ケイ

こまっているぞ　午後 10:57

既読 午後 10:57　新曲のこと？

それもこまってます　午後 10:58

既読 午後 10:58　問題は一つずつ解決していくのがいいよ

既読 午後 10:59　もしかしたら、同時に二つ解決できるかもしれないし

それ、本当に私に言ってる？　午後 11:00

既読 午後 11:03　君にも言ってる

お互い、苦労がたえませんなぁ　午後 11:03

せっぷく　午後 11:07

既読 午後 11:07　なぜ？

Aa

SHINE POST

シャインポスト

Did you know? The most ordinary, natural, and unique magic to make me an absolute idol

第三章

玉城杏夏と聖舞理王は知っていた

「それでは、第七回雪音ちゃん紅葉ちゃん説得大作戦の会議を始めます！」

『FFF』との合同レッスンを終えた翌週の月曜日。

レッスン場に、春の高らかな声が響き渡る。

「今日こそは、今日こそはぜぇぇぇったいに、雪音ちゃんと紅葉ちゃんに戻ってきてもらいましょう！　……そこで、まずは昨日の反省会です！」

あの日以降、レッスンが休憩になると、春によって必ずこの会議が開かれる。

基本的な流れは、反省会からの作戦立案。

そして、レッスンが終わったら大急ぎで『FFF』の専用レッスン場……『FIRST STAGE』へと向かい、作戦実行。雪音と紅葉の説得——という流れになっているのだが、

「昨日の作戦は、なぜか失敗してしまいました！　悔しいです！　とても悔しかったです！

以上、反省会おしまい！　次の作戦を考えましょう！」

反省会の時間は、平均七秒。

今まで全て失敗しているのに、なぜこのようなスタイルをとれてしまうのか？

「あの、春。少しいいですか？」

「はい！　どうぞ、杏夏ちゃん！」

遠慮がちに手を挙げた杏夏に、春がビシッと指をさす。

「説得の手段よりも、まずは原因を究明すべきではないでしょうか？」

「それなら、こないだの合同レッスンで『実力不足』って言われたじゃん！　でも、大丈夫！

私達、ちゃんと成長してるもん！　だから、今ならきっと戻って来てくれる！」

「ですが、事実として雪音と紅葉は戻ってきていません」

「うっ！」

杏夏からの冷静な指摘に、春が言葉を詰まらせる。

「私も、杏夏に賛成。本当は、ずっと不思議だったの……」

「不思議って、どういうこと、理王ちゃん？」

「雪音も紅葉も、すごく優しかった。いつも私を助けてくれてた。……あんな優しい二人が、

『実力不足』って理由でグループを抜けるなんて思えない」

「それは、私も思ったけど……なら、本当は別に脱退した理由があるってこと？」

「……………」

沈黙する杏夏と理王。

それは、彼女達が本当の脱退理由が分からないからではない。恐らく、逆だ。

「その、一つだけ思い当たることがあるのですが……」

「うにゅ……。私も……。でも、勘違いかもしれない……」

逡巡の後、杏夏と理王が口を開いた。

「え！　そうなの⁉」

「……はい」

「すごいよ！　やっぱり、杏夏ちゃんと理王ちゃんはすごく頼りになる！」

杏夏や理王とは正反対の明るい笑みを浮かべ、春が両手を合わせた。

「教えて！　それが分かれば、二人を戻す方法だって――」

「本当に分からないのですか？」

杏夏が、探るような眼差しで春を見つめる。

「え？　う、うん……。分からないけど、……どうして？」

困惑する春。小さく両拳を握りしめる杏夏。隣の理王も同じだ。

「分かりました。でしたら――」

「その前に、僕から話をしてもいいかな？」

意図的に、杏夏の言葉を遮った。ここから先に行くには、役者不足だからね。

「え～！　マネージャー君、私はすぐにでも雪音ちゃんと紅葉ちゃんを――」

「単独ライブが決まったよ。会場は新宿ReNY、開催は八月末だ」

「「「え？」」」

唐突に僕から伝えられた言葉に、三人が揃って固まった。五秒後、……爆発。

「うっそぉぉぉぉ‼」

「……え？　えぇぇぇぇぇ‼」

「私達が、単独ライブを……っ！」

専用劇場を満員にし、噴水広場のミニライブも成功させたことから、本人達もそろそろだとは思っていただろうが、それでも実際に決まったと言われたのは驚いたのだろう。

「ごめんね。本当は一週間前には決まっていたんだけど、僕の判断で黙ってたんだ」

「単独ライブ……。本当に、単独ライブをやるの？」

春が、恐る恐る僕に確認をとる。

「うん」

「そう、なんだ……」

曇った表情。そこに潜んでいる感情が何かは、確認するまでもなく理解できた。

「あの、ナオさん。それは、延期などはできないのでしょうか？」

「うにゅ……。私も、まだやりたくない……」

それは、杏夏と理王も同じだ。

分かっているよ。『TiNgS』ではなく『TINGS』でやりたいんだよね。

「残念だけど、延期はできない。……それと、今の君達だとReNYはかなり厳しい会場だ」

だけど、その話をする前に、伝えるべきことをちゃんと伝えておかないと。

「厳しい？　それほどのキャパシティなのでしょうか？」

「そこに関しては問題視していない。キャパは八〇〇程度だからね」

「今の私達にとっては、十分多いと思うのですが……」

杏夏は冷静だな。噴水広場に二〇〇〇人もの人を集められたのは、あくまでも無料のミニライブだから。有料の単独ライブになれば話が変わってくることを、ちゃんと分かっている。

「僕の経験上、間違いなく集められる。だから、新宿ReNYのライブに於て、キャパシティの心配をする必要はないよ」

「では、何が厳しいのでしょうか？」

「ライブを成功させること自体が、とても難しい会場なんだ。あそこは――」

それから、僕は三人に対して説明した。

新宿ReNYという会場だけが持つ特性。ファンの力に頼らず、自分達の力だけで乗り越えなければいけない、アイドルの真価を試される会場であることを。

「ジャンプ禁止……。そんな会場で、私達三人が……」

「うっ！　それは、難しいかも……」

今の春と杏夏のパフォーマンスは、ファンが盛り上げてくれるからこそ成り立っている。

故に、今のままの彼女達では通用しない。今のままでも何とかなりそうなのは……

「うにゅ……。私、できるかな……」

相変わらず自己評価が低い、理王だけだ。

「──とまぁ、そんな会場だからね。成功させる方法は一つしかない」

春、杏夏、理王。『T・iNgS』では、決して成功できない会場。

それでも……

「『TINGS』の五人全員が本来の力を発揮する。それが絶対条件だ」

「「…………っ!!」」

雪音と紅葉を復帰させ、本来の彼女達になれれば必ず成功できる。

「それって、……雪音ちゃんと紅葉ちゃんが絶対に必要ってことだよね!?」

「うん。春の言っていることに間違いはないよ」

全てが正しいとも言えないけどね。

「では、単独ライブと言うのは私達三人ではなく……」

「僕としては、五人でやってもらいたいかな」

「もう！　ナオさんのお茶目なジョークはつまらないです！」

文句を言いながらも、嬉しそうな笑みを浮かべる杏夏。

「雪音と紅葉も一緒なら……うん！　やりたい！　ううん、絶対にやる！」

理王が元気よく立ち上がり、可愛らしいガッツポーズをとった。

「よぉ～し！　そうと決まれば行動だよ！　早速、『FIRST　STAGE』に――」

「その必要はないよ」

「え？　どういうこと、マネージャー君？」

今日、僕がReNYの件を伝えたのにはもちろん理由がある。

昨日の夜に、僕のスマートフォンに『FFF』の三人からメッセージが届いたからだ。

『明日から、そっちにご返却！　あとはよろしくね、ナオ君！』

『仕上がったとは思うけど、どうなるかはちと自信がないや！　ナオ、信じてるよん！』

『ナオさん、お願いします！「TiNgS」を「TINGS」にしてあげて下さい！』

三人の少女から託された想い。それを握りしめ、僕はレッスン場の入り口へ声をかけた。

「入ってもらえるかな？」

レッスン場のドアが開く。

「え？　うそ！」

「貴女達は……っ！」

「うにゃ！」

三人がそれぞれ、目を丸くする。レッスン場に現れたのは、二人の少女。

杏夏達が戻って来てほしいと切に願っている……

「ふん。相変わらず、君達は辛気臭い顔をしているのだな」

「どんよりどよどよ。やっぱり、『TiNgS』より『ゆきもじ』のほうが上」

　雪音と紅葉だ。

「どうしてここにいるの!?　だって、二人は……」

「『FIRST　STAGE』を使っていたのは、あくまで臨時だ。あそこでやるべきことを終わらせたからこそ、私様達は戻ってきた」

「わぁぁぁぁぁ!!」

　大喜びで雪音と紅葉の下へと向かっていく春。もちろん、杏夏と理王も一緒だ。

「来てくれて嬉しいよ！　あのね、二人にお願いがあるの！　私達と一緒に――」

「新宿ReNYの単独ライブに出てほしいのか？」

　春から最後まで聞くよりも先に、雪音が答えを言った。

「知っていたのですか？」

「ああ。昨日、マネージャーちゃんから話を聞いた」

　そう。『TiNgS』よりも先に、僕は『ゆきもじ』へとReNYの件を伝えた。

「うにゅ……。じゃあ、雪音と紅葉は戻って来てくれるの？」

　二人が来てくれたことは嬉しい。だけど、肝心の答えは聞けていない。

　そこに不安を感じ取った理王が、弱々しくそう尋ねた。

「まだ分かんない。でも……」

「紅葉、やめろ」

危うく本音を吐露しそうになった紅葉を、雪音が制した。

「そこまで知ってるなら、話が早いよ！　雪音ちゃん、紅葉ちゃん、お願い！　『TINGS』に戻ってきて！　私達には、二人の力が必要なの！」

「君はいつもそれだな」

「いつもそれだよ！　だって、私達は五人で一つだもん！　だから、単独ライブは、絶対に五人でやりたい！　ううん、五人じゃなきゃやりたくない！」

「《勝手な思い込みだ。私様に戻る気はない》。今は、もう別のグループだ」

「違うよ！　私は雪音ちゃん達が別のグループだなんて、一度も思ったことはない！　雪音ちゃんだって、私達と別のグループだなんて一度も思ってない！」

「……っ！」

春の勢いに押され、僅かに雪音がたじろいだ。

「《そんなわけないだろう。事実として、私様達は――》」

「じゃあ、どうしていつも私達のライブを観てくれるの？」

「うっ！」

「雪音ちゃんと紅葉ちゃん、私達のライブは絶対に観てくれる！　定期ライブも、噴水広場のミニライブも、どっちも来てくれてた！　どんな時でも、絶対にライブにいてくれた！」

特に注目すべきは、定期ライブだろう。

ブライテストの専用劇場で定期ライブを行っているのは、『T·iNgS』だけではない。

他にも、何組ものアイドルが定期ライブを行っているが、雪音と紅葉がいるのは『T·iNgS』の定期ライブだけ。『T·iNgS』の定期ライブだけは、必ず二人は観てくれている。

「私達のこと心配してくれてるんだよね？　本当は雪音ちゃんも『TINGS』に……」

「《違う！　私様は、ただライバルの調査を……》」

「私達は、夢を叶える仲間だよ！」

「……っ！　……春」

「だから、お願い！　戻ってきて！　私は、杏夏ちゃん、理王ちゃん……それに雪音ちゃんと紅葉ちゃん。五人で一緒にシャインポストになりたいの！」

「私様と、シャインポストに……」

シャインポスト。春が目指す、大きすぎる夢。

だけど、彼女はそこに一人で辿り着こうとしていない。

『TINGS』と……大切な仲間達と辿り着こうとしているんだ。

「夢を叶える仲間、か……。そうだったな……」

これまでの態度が嘘のような、優しい笑みを浮かべて雪音がそう言った。

「私様と紅葉は、ライブの経験がない。足を引っ張るかもしれないぞ？」

「大丈夫だよ！　二人ともすっごく上手になってるもん！　こないだのレッスンで、ビックリしたんだから！」

満面の笑みで、春がそう答えた。

「そうか……。私様は上手くなったんだな……」

「だから、また一緒に頑張ろっ！　五人で一緒に夢を叶えようよ！」

「五人で夢を……」

雪音が、大きく息を吐く。それは、彼女が覚悟を決めたからだろう。

「分かった。『ＴＩＮＧＳ』に戻るよ」

春が待ち望んでいた言葉。あまりにも早すぎる展開。さすがに、ここまであっさりと話が終わるとは思っていなかったようで、杏夏や理王……そして、紅葉も驚いている。

「紅葉も構わないな？」

「うん……。私も雪音たんと同じ気持ちだけど……」

「やったぁぁぁぁぁぁぁぁぁぁぁぁぁぁ!!」

レッスン場で、春の喜びが爆発した。

これで、ハッピーエンド。あとは、五人でＲｅＮＹのライブを成功させれば全てが解決。

「嘘じゃないよね⁉　本当に二人とも戻って来てくれるんだよね⁉」

「ああ。……一つだけ条件があるがな」

――なんて、簡単な話であるわけがない。

まだ、何も終わっていない。むしろ、ここからが始まりだ。

「何でも言ってよ！　雪音ちゃん達が戻って来てくれるなら、何でもやっちゃうんだから！」

「言ったな？」

雪音が、不敵な笑みを春へと向けた。

喜びに翻弄されている春は、雪音の真意に気が付いていない。

「言ったよ！　それで、雪音ちゃんは何を――」

「春、私様と勝負をしろ」

「え？」

その瞬間、春の笑顔が固まった。

「《私様は、自分より実力が劣っているグループに戻る気はない》。だからこそのパフォーマンス勝負だ。杏夏や理王のように、君も変わっていることを証明しろ」

嘘と真実を織り交ぜた言葉。雪音にとって、どちらが上かなんて本当は関係がない。

「君が勝ったら、私様と紅葉は『ＴＩＮＧＳ』に戻る。私様が勝っても、特に何も要求するつもりはない。……どうだ？　悪くない条件だろう？」

TiNgs!

挑まない理由がない提案。だけど、それこそが雪音の狙い。なぜなら、彼女は……

「だから、全力で来い」

徹底的に逃げ道を防ぎ、春を勝負のステージに上げようとしているのだから。

「どうして？　どうして、そんなこと……」

「先週は敗れてしまったからな。《その雪辱を果たしたい》」

狼狽する春、光り輝く雪音。二人の少女の、嘘と真実がぶつかり合う。

「や、やだよ！　これから、一緒に頑張る仲間と勝負なんてしたくない！」

「先週のレッスンでは受けてくれたではないか」

「あれは、勝負じゃないよ！　ただ、一緒にレッスンをしただけじゃん！」

「そうか……。ならば、尚更君と競い合う必要性を感じるな」

一切、譲るつもりはない。闘争心を燃やした眼差しで、雪音は春を睨みつける。

だけど、そこに映し出されている感情は……

「ねぇ、雪音ちゃん。もっと別のことにしよ？　他のことなら、なんだっていいから！　勝負なんておかしいよ！　もっと別のことが——」

「受けなさい、春」「春、やりなさい！」

「え？」

そこで、予想外の援護が雪音に入った。……杏夏と理王だ。

「勝てば雪音と紅葉は戻ってくる。負けてもデメリットはなし。受けない理由はありません」

「そうよ！　春、あんたの全力を見せてやりなさい！　理王様の言うことは、絶対よ！」

「杏夏ちゃん、理王ちゃん。どうして……」

てっきり二人は自分の味方になってくれると思ったのだろう。

だけど、実際にはそうならなかった。杏夏も理王も、雪音の味方についたのだから。

「春たん、雪音たんの気持ちを受け止めてあげて……」

最後に、紅葉が願うように春へそう伝えた。

「でも……」

「どうして？　私は、ただ雪音ちゃんと紅葉ちゃんに……」

杏夏、理王、紅葉から言われても、やはり春は決意が固まらない。

「春、頼む。……この通りだ」

深く頭を下げて、春に勝負を乞う雪音。

自分以外の四人に望まれてしまっては、春も断れるはずがなく、

「分かったよぅ……」

渋々と、その提案を受けることになった。

「それで、雪音。曲はどうしますか？」

「勝負を仕掛けたのは私様だからな。君達の……いや、春の得意な曲で構わない。『TOKY

O WATASHI COLLECTION』でどうだ？」

『TOKYO WATASHI COLLECTION』

それは、定期ライブでも噴水広場でも毎回ラストを飾っている、春がセンターの曲。

春にとって、最も得意な曲と言っても差支えの無いものだろう。

「分かりました。では、私と理王、紅葉……それにナオさんが審査員で構いませんね？」

「ああ」

「…………」

沈黙する春を横目に、着々と準備が整えられていく。

真剣な表情を浮かべる雪音と、沈んだ表情の春が横並びに立つ。

「では……、始めます！」

そして、雪音と春のパフォーマンス勝負が始まった。

…………………

……………

……

「はぁ……。はぁ……。はぁ……」

「ふぅ～！　つっかれたぁ～！」

短くも濃密な五分間が終わり、春と雪音のパフォーマンス勝負は終わりを告げた。

「どっちが上だった⁉」

終了直後、雪音が必死な表情で確認を取る。

二人のパフォーマンス勝負の結果は、誰の目から見ても明らかだ。

「……雪音です」「……雪音」「……雪音たん」「雪音だね」

満場一致で、勝ったのは雪音。誰が見ても、間違いなく同じ結果を下しただろう。

それほどまでに、春と雪音のパフォーマンスには大きな差があった。

「負けたぁぁぁぁぁぁぁぁぁぁぁぁぁぁ‼」

結果を聞いた瞬間、春がレッスン場の床に大の字になって倒れ込む。

沈んだ気持ちを立て直したのか、さっきよりは元気が戻っているな。

「やっぱり、雪音ちゃんはすごいよ！」

あっという間に体を起こし、雪音の下へ笑顔で向かっていく春。

勝負に負けたら、雪音と紅葉は戻ってこない。それは分かっているはずだが……、

「ううう！　勝負には負けちゃったけど、私はまだ諦めてないからね！」

それでも、春の前向きさは折れることはない。

むしろ、雪音と紅葉に戻る気があると知って、大きな希望を抱いているのだろう。

「私は、絶対雪音ちゃんと紅葉ちゃんに――」

「……まだ、足りないのか？」

「え？」

小さく呟かれた雪音の想い。

その言葉に込められた意味が理解できてしまう僕は、胸が苦しくなる。

パフォーマンス勝負に勝ったのは、間違いなく雪音だ。

だけど……、だからこそ、それは雪音にとって最も望まない結果になってしまった。

「まだ私様は、君の足元にも及ばないのか⁉」

まるで、敗者のような叫び。

勝負に勝ったのは、間違いなく祇園寺雪音だ。だけど、実力に関しては……

「え？　え？　何言ってるの、雪音ちゃん⁉　だって、勝負は——」

「そうだね。汗びっしょりの雪音が勝って、汗一つかいてない春が負けたね」

青天国春が、圧倒的に上回っていた。

「…………っ‼」

春、君はこれまで上手く隠していたつもりかもしれない。

だけど、それは大きな間違いだ。もうずっと前から、雪音と紅葉は気づいていたんだ。

いや、雪音と紅葉だけじゃない。

「やはり、そうだったのですね……」

「うにゅ。私の勘違いじゃなかったんだ……」

杏夏と理王もまた、気づいてしまっている。

青天国春が抱え込み続けていた、大きな秘密に。

「私の間違いであってほしかったです。ですが……」

「だから、雪音と紅葉は脱退したんだ……。やっぱり、そうだったんだ……」

「雪音たん……。雪音たぁん……」

杏夏と理王が体をふるわせ、紅葉が涙をこぼす。

失敗してしまったからだ。

雪音と紅葉が、心から大切にする『TINGS』を脱退してまで、為そうとしたことが。

「春！　私様は……私、上手くなったんだよ！　一生懸命レッスンをして、すごく上手になったの！　なのに、どうして!?　どうして、春は……」

でも、ここから先を雪音に言わせるわけにはいかない。

雪音が春の両肩を掴み、これまで堪え続けていた想いをぶつけている。

これ以上、彼女を傷つけるわけにはいかない。

だからこそ……

「僕も雪音と同じことを、ずっと君に聞きたかったよ、……春」

僕が言わなければならない。

「マネージャー……君？」

「僕がさっき言った、ReNYを成功させる条件って、覚えてる？」

「えっと、マネージャー君は……」

「『TINGS』の五人全員が本来の力を発揮する。それが絶対条件だ」

「分かってるよ！　だから、私は雪音ちゃんと紅葉ちゃんを……」

「雪音と紅葉だけじゃない。彼女達が戻ってくるだけじゃダメなんだ」

「…………っ！」

玉城杏夏、伊藤紅葉、青天国春、祇園寺雪音、聖舞理王。

それぞれが、素晴らしい才能を持つアイドルグループ『TINGS』。

だけど、その中で誰が最も優れたアイドルかと聞かれたら、僕が選ぶのはただ一人。

青天国春だ。

「ねぇ、春。君ってさ……」

グループのバランスを保つための調整力、観客の表情から状況を判別する観察眼。

これこそが青天国春のアイドルとしての才能かと思われるが、大きな間違い。

なぜなら、春は……

「一度も、本気を出してないでしょ？」

桁違いの天才なのだから……。

初めの頃、春は杏夏と同レベルのパフォーマンスができるにもかかわらず、バランスを保つためにあえてレベルを下げていると思っていた。それは、ある意味正解で、ある意味不正解。なにせ春は、メンバーの誰よりも遥かに優れたパフォーマンスを魅せられるにもかかわらず、自分のレベルを下げていたのだから……。

気づいたきっかけは、初めての定期ライブ。僕に「分かり易くして」と言われた春は二人のレベルに合わせるだけでなく、敢えて統一感を乱して自分のパフォーマンスを観客へ伝えた。

その最中、たった一つだけミスを犯してしまったんだ。

刹那。瞬きする時間がないほどに短い時間、彼女は魅せてしまったのだから。

全ての観客の視線を引き寄せて離さない、圧倒的なパフォーマンスを……。

『FFF』との合同レッスンで、兎塚七海は春にだけは一切の指導をしなかった。

そして、梨子木麗美はこう言っていた。

『ま、一人で全科目二〇〇点をはじき出す、とんでもない奴もいるんだけどねぇ……』

僕が知っている限り、これに該当するアイドルは二人。

一人は、このアイドル業界のトップに君臨する『絶対アイドル』螢。

グループではなく個人で、今もなお多くの伝説を生み続けている螢は、一人で全科目二〇〇点をはじき出す天才的なアイドルと言って過言はないだろう。

だけど、それができるのは螢だけではない。

もう一人……、まだデビューして間もない、認知度も高いとは言えない……

「君の本来の実力は、まだ僕にも見えていないよ」

青天国春。

彼女こそが、現存する全てのアイドルの中で、最も『絶対アイドル』に近いアイドルだ。

「そ、そんなことないってぇ～！　マネージャー君、言い過ぎだよぉ～！」

明らかに狼狽した態度で、一切の輝きを発することなく春がそう言った。

「だって、私はいつも精一杯やってるもん！」

僕はこれまで、彼女達の悩みをこの《眼》で見抜いてきた。

だけど、その手段が今回に関しては一切通用しないんだ。

青天国春は、輝かない。

だけど、それは決して――

「そうだね。精一杯、全力を出すのを我慢してやってるよね」

全ての真実を語っているわけではない。

春は、真実を話しながらも、本来と真逆の意味に錯覚させるような発言をしている。

彼女の言葉は真実であると同時に、嘘。

僕の《眼》ですら見抜けない嘘をつく少女……それが、青天国春。

春は、真実と共に本来の実力を隠している。なぜ、そんなことをするのか？

決まっている。彼女には、まだ残っているからだ。……ぶつかっている壁が。

そして、その壁を破壊するために雪音と紅葉は……

「春、もうやめてよ！　このままじゃ、春が壊れちゃう！」

『ＴＩＮＧＳ』を脱退する道を、選ばざるを得なくなってしまったんだ。

「戻る！　私も紅葉も、『ＴＩＮＧＳ』に戻るから！　だから、お願い！」

雪音が、涙を流しながら懸命に叫ぶ。それは、彼女がこれまで堪え続けていた真実の想い。

当たり前だ。祇園寺雪音の行動理由は、全てここに集約されるのだから。

『ゆきもじ』というユニットを組み、『ＴｉＮｇＳ』のライバルとして存在する。

ライバル心を露わにし、常に焚き付けるような発言をする。

それは、全て……


「春も戻ってよ！　本当の春に！」

祇園寺雪音が、青天国春を救うために放っていた輝きだ。

TiNgS!

< 2　ケイ

かまってちゃん襲来です　午後 3:57

かまってちゃん襲来です　午後 5:05

待ちくたびれています　午後 6:34

ナオはお仕事ばっかりやりすぎなのです　午後 7:02

私はとても不機嫌になりました　午後 7:18

せっぷく　午後 7:23

Aa

SHINE POST
シャインポスト

Did you know? The most ordinary, natural, and unique magic to make me an absolute idol

第四章
祇園寺雪音は、助けたい

これは、私――祇園寺雪音のちょっと前の物語。

世界一素敵なアイドルと出会って、世界一大切なアイドルを失うまでの物語だ……。

【t i n G s】

アイドルなんて、大嫌い。

私は、ずっとそう思っていた……。

私のパパとママは、俳優さん。ドラマや舞台、そして映画に出て、演技をする人達。

二人ともすごく人気者で、いつも大忙し。家族三人がそろうのは夜遅くになってから。

だけど、寂しくなかった。……ううん、むしろ誇らしかった。

テレビに映るパパとママは、普段一緒に過ごしているパパとママとはまるで別人。

刑事さん、お医者さん、弁護士さん、お花屋さん、社長さん、格闘家さん、軍人さん……同じ人が全然違う人になって演技をする。とてもワクワクした。私もやってみたいと思った。

だから……

――わたしも、ママみたいなじょゆうさんになる！

三歳の時に、私が伝えた夢。パパもママも大好きだけど、特に尊敬していたのはママ。

ママはすごいの。演技がすごく上手で、色々なドラマ、映画、舞台に出演している。

（ほんのちょっとだったけど）ハリウッド映画にだって出たことがあるんだから。

――それは、楽しみだわ。でも、すごく大変よ。大丈夫？

――うん！

――嬉しいわ。いつか二人でレッドカーペットの上を歩きましょうね。

私とママの約束。こうして、私は芸能界という世界に足を踏み入れた。

だけど、すぐにテレビや映画に出られるわけじゃない。まずは、お勉強から。

パパはすぐにでも私を事務所に所属させようとしたけど、ママが止めた。

――まずは、『本物』であることを示しなさい。事務所に入るのは、それからよ。

『本物』。ママが、よく私に言っている言葉だ。

俳優さんはテレビに出て、演技をする。でも、それは演技であって演技ではいけない。

テレビの中の登場人物になりきる。その人が、現実に存在するように思わせる。

言葉で言うのは簡単だけど、とても難しいこと。だって、自分を自分じゃなくするんだもん。

でも、私は頑張った。一生懸命練習をして、沢山の技術を身に付けた。

初めて、オーディションを受けたのは、小学五年生の時。

受けたのは、一般公募をしていた舞台のオーディション。

すごく緊張した。もしかしたら、私はまだ『本物』になれてないかもしれない。

でも、頑張らないと！　私は、私の演技でみんなを目一杯楽しませたい！

日常とは違う、ちょっと特別な世界をみんなに見せてあげたい！

そうして受けた初めてのオーディションで……私は、合格したの！

しかも、主役で！　主役だよ、主役！　一番いい役！

嬉しかった。嬉しくて嬉しくて、合格した日の夜は中々眠れなかった。

待っててね、ママ！　私、ちゃんと『本物』になってみせるから！

そう思ってたんだけどさ……私、その舞台に出られなくなっちゃったんだ……。

合格してから一週間後、突然言われたの。

——申し訳ありませんが、別の子になりました。

どうして？　私、何も変なことしてないよ？　何も悪いこともしてないよ？

なのに、どうして……。

——その、まぁ……、何というか……、すごく有名な子でね……。

スタッフさんから伝えられた言葉。代わりに、主役になった子は有名なアイドルだった。

しかも、オーディションも受けずに、主役を私から奪っていった。

だけど、もしかしたらその子は、私よりもずっと演技が上手なのかもしれない。

そんな一縷の望みを握りしめて、私は不合格になった舞台を観に行った。

ビックリしたよ。だって、その子は私よりもずっとずっと演技の技術が低かったから。

お腹の中がギューッと熱くなった。

私にとって舞台は、自分が大好きな演技を目一杯する場所。素敵な物語を魅せる場所。

だけど、大人の人達にとって舞台はお金を稼ぐ場所。

だからこそ、演技力じゃなくて集客力が選ばれる。

事実、その舞台にはそのアイドルのファンの人達が沢山来ていて、みんな大絶賛。

『アイドルをやってるのに、演技もできるなんてすごい！』、『やっぱり、才能を持っている子は何でもできるんだな』、『素敵な演技で、涙が出た』。

信じられない。この人達は、本当に私と同じ舞台を観ているの？

全然だよ！　全然、出来てない！　動きはぎこちないし、声に感情もこもってない！

許せなかった……。自分の役を奪われたのはもちろんだけど、何よりも許せなかったのは、私の大好きな演技をバカにされたこと。

演技はそんな簡単なものじゃない。片手間でできるようなものじゃないんだ。

だから、私はアイドルが大嫌い。

いつもヘラヘラしているだけの『偽物』。ちょっと有名になっただけで、遊び感覚で私の領域を滅茶苦茶にする侵略者。

あんな人達には、絶対に負けない！　『本物』は、私なんだ！

【tinGs】


中学二年生になった私は、それなりに順調な日々を過ごせていた。

すごく嫌な気持ちになった初めてのオーディションだけど、すごく嬉しいこともあった。

――君、よかったよ！　よかったら、連絡先を教えてくれないかな？　次に話があったら、回すようにするからさ。

あのオーディションで、審査員をしていた人の一人が私の演技を評価してくれたんだ。

おかげで、私は一般公募以外のオーディションにも声をかけてもらえるようになった。

そして、二度目のオーディション。

もう、あんな思いはしてたまるもんか。みんなに、私の演技を見せつけてやる！

その気持ちが演技に乗ったおかげか、合格することができたの！

こうして、私は舞台女優としての第一歩を踏み出した。

初めての舞台はすごく緊張したけど、すごく楽しかった。

忘れることのできない、私の大切な思い出。

それから先も、いくつもオーディションを受けて、合格と不合格の繰り返し。

でも、まだどこの事務所にも所属していない。

——雪音、そろそろ私はいいと思うわよ。貴女は、『本物』を示せているわ。

ママからの言葉に、私は首を横に振った。

だって、私はまだ一度も主役で合格してないんだもん。

それじゃあ、あの時のアイドル以下ってことになっちゃう。

『偽物』に負ける『本物』なんて、いるわけがない。

ママと同じ事務所に入るのは、『本物』を証明してから。主役になってからだ。

だけど、胸の中に不安もあった。……どうして、私は主役で合格できないんだろう？

演技について、まだまだ課題があるのは分かってる。……でも、足りていないのは演技力じゃない気がする。だって、初めてのオーディションでは主役で合格できたもん。

あの時の私が持っていて、今の私が持っていない何か。私、何かなくしちゃったの？

そんな悩みを胸の内に秘めながら、新しいオーディション。

その日の私は、いつにも増して気合が入っていた。

今日のオーディションは、人気小説の舞台化。久しぶりの主役のオーディションだ。

今度こそ、今度こそ……、合格してみせる。

それで、ママに伝えるんだ。「主役で合格した！　私、『本物』になれた！　だから、同じ事務所に入れて！」って。

自分の順番が来るまで念入りに何度も台本を読み直す。大きなざわめきが起きた。

でも、私は気にしない。これから、一世一代のオーディションがあるんだ。

周りを気にしている暇があったら……

「ふぅ……。ギリギリ間に合った。やったね」

その声が聞こえた瞬間、私の世界が光り輝いた気がした。

聞こえてきたのは、隣から。気になったけど、気にしないふりをした。

「話しかけたら、迷惑？」

私は無視をした。本当はちょっとお話してみたい。

でも、これから大切なオーディションだ。ちゃんと台本を読み込まないと。

今の私にできる最高の演技を審査員の人達に、見せつけてやらないと。

「残念。仕方がないからお静かに。とても残念だけど……、とてもとても残念だけど……」

「……何ですか？」

「やったね」

胸から湧く罪悪感と好奇心に根負けした私は、少しだけお話をすることにした。

でも、早めに切り上げないとね。一番大切なのは、この後の——

「……っ！」

語りかけてきた人を見た瞬間、私の心は絶望に埋め尽くされた。

どうして、周りがやけにざわついていたか分かった。この人が来たからだ。

私は、この人が誰かを知っている。みんなが大好きで、私が大嫌いな……

「『絶対アイドル』……さん？」

「違います。螢ちゃんです」

絶望の次に溢れた感情は、羞恥心。

よりにもよって、私が大嫌いな存在に興味を持ってしまうなんて……。

この人は、初めてのオーディションで、私から主役を奪っていった人ではない。

だけど、『アイドル』というカテゴリーでは同じ人。……ううん、もっと最悪な人だ。

どれだけ、私の演技力が上だったとしても、集客力では圧倒的にこの人が上回る。

なんで、私が絶対に受かりたいオーディションに、こんな人が……。

「本当はマネージャーと来るはずだったのに、打ち合わせがあるからって一人で来させられました。私はとってもご機嫌斜め。角度は三六〇度」

「それ、一周回って元に戻っているじゃないですか」

変な人。これが、螢さんに抱いた印象。

日本一のアイドルなんて言われている人だから、もっと傲慢な人だと思った。

「君のおかげだぞ」

螢さんが、綺麗な人差し指を私に向けた。

「なんでですか?」

「素敵なアイドルと出会えたら、ご機嫌は勝手に良くなっちゃいます」

「私、アイドルじゃないんですけど?」

貴女達と一緒にしないで。

「おやや? 違ったのかな? むぅ……絶対そうだと思ったのに……」

勝手に予想されて、勝手に外されて、勝手に不貞腐れられても困る。

本当に不貞腐れたいのは私のほうだ。

「っていうか、なんで貴女がオーディションを受けているんですか?」

絶望の中での、僅かな抗い。

もう落ちることの分かったオーディションだ。少しでも、抵抗してやる。

「この小説、大好きなの」

はらわたが煮えくり返った。

そんな下らない理由で……っ! そんな下らない理由で、私の夢を邪魔するなんて!

「なら、最初から出たいって言えばいいじゃないですか」

そうしたら、初めからこのオーディションは開かれなかった。

無駄な時間を過ごすことになんて、ならなかったんだ。

「ダメです。私は、出たいからって出ません」

「どうしてですか？」

「大好きな小説は、みんなにも大好きになってほしいもん」

「意味が分かりません」

今にも爆発しそうな想いをこらえて、そう言った。

「主役をやる人は、『本物』の輝きを魅せられないとダメなのです」

「……え？」

瞬間、憑き物が落ちたように苛立ちが消え去った。

どうして？　どうして、この人がこんなことを言うの？

自分の我侭で、簡単に合格できるんだよ？

沢山のファンがいるじゃん。どれだけ下手でも、その人達が絶賛してくれるんだよ？

みんなが合格を後押ししてくれるのに……

「私は、私を観てほしいから、この舞台に出たいんじゃないのです。私の大好きな物語をみんなにも大好きになってほしいから、この舞台に出たいのです」

私の世界が、再び光り輝いた。

そう……。そうだった……。私も、初めはそうだった……。

自分の演技を見せるために、舞台に出るんじゃない。

素敵な物語を魅せるために、舞台に出たかったんだ。

「だから、オーディションはちゃんと受けるのです。不合格の時は、『偽物』です。その時は、潔く諦めつつ、目一杯くやしがらせていただきます、だぞ」

なのに、あの日からその気持ちを失っていた。一番大事な気持ちを失っていた。

『本物』になることにばかりこだわって、『本物』でなければいけない理由を見失っていた。

「ありがとうございます」

自然と、その言葉が溢れていった。

そっか……。アイドルにも、こんな人がいるんだ……。

みんながみんな、『偽物』じゃない。ちゃんと『本物』の人がいてくれるんだ。

「おやや？ 私は何にもしてないぞ？」

螢さんが、首を傾げた。

「いえ、とても大切なことを教えてもらえたので……」

「むむむ……。それは困る。むしろ、教えるのは今からの予定」

「え？」

「眉間がしわしわ。今日の役は、明るく元気な女の子。だから、一緒にわらおっ」

「……っ！ ありがとうございます！」

「どういたしまして、だぞ」

その時、スタッフさんが、螢さんの名前を呼んだ。

「私の番みたい。じゃあ……」

「あっ。はい！　お互い、頑張りましょう！」

「もちのろん。それと、これあげる。よかったら、遊びに来てね」

「え？　わっ！　あの、えと……ありがとうございます！」

それは、螢さんのライブチケットだった。

結局、その日のオーディションで、私の希望は半分叶って、半分叶わなかった。

オーディション結果は不合格。私は、またしても主役をとれなかった。

合格したのは、螢さん。『本物』の輝きを示した『絶対アイドル』だ。

うん！　仕方がない！　潔く諦めて…………くやしぃいいいいいいいいいいいい!!


【ｔｉｎＧｓ】


あのオーディションから二週間後、私はさいたまスーパーアリーナにやって来ていた。

「はぁ……。はぁ……。よかったぁ。間に合ったぁ～！」

今日は（この間のオーディションとは別の）舞台の読み合わせがあったから、もしかしたら来られないかもしれないと思っていたけど、何とか間に合わせることができた。

「……よし」

鞄から取り出したチケットを見つめているだけで、高揚感が溢れてくる。

私と同じように、『本物』を追い求め続けている人。

年はそんなに変わらないのに、私よりもずっとずっと高い場所にいる人。

その人を、もっと知りたい。どんな『本物』を示すか見てみたい。だから……

「螢さんのライブだ！」

私は、さいたまスーパーアリーナの中へと入っていった。


「……すごい人」

螢さんがくれたチケットは一般席のチケットではなく、関係者席のチケット。

ライブを今か今かと待ちわびている一般席の人達とは違って、関係者席にいる人達は落ち着いた様子が目立つ。耳に入ってくる言葉は、お仕事のお話が多い。

次の曲は何月に発売しよう。プロモーションはこうしよう。タイアップＣＭは絶対にうちで押さえる。少し緊張しちゃうけど、螢さんのいる世界が垣間見えたのが嬉しかった。

ただ、そんな沢山の大人達がいる中に、何人か私と同い年くらいの女の子もいる。

「七海、知っています？　このライブの倍率、三〇倍だったそうですよ……。相変わらず、螢さんは反則じみていますわ……」

「知ってるよ、ターリャ。私らなんて、こないだ何とか横アリを埋められたばっかなのに……。なんで、こんなに差がつくのかなぁ～」

「お？　七海、へこんでんの？　へこんじゃってんの？　てか、麗美はもっと危機感を持ちなさい！」

「へこんでない！　悔しがってるの！　てか、麗美はもっと危機感を持ちなさい！」

「そうですわ。デビューの時期にそれほど差はない相手が、ここまでの結果を出しているのですよ？　麗美も、もう少しくらい……」

「七海もターリャも固い固い！　つか、それはあっちに言ってやったら、どうだい？」

「ふわぁ～！　螢さんのライブ、楽しみです！　ヒナちゃん、ワクワクですね！」

「ですね、みぃちゃん！　今日は誠心誠意、目一杯楽しませてもらいます！」

「『可愛いからセーフ』」

「なんじゃそりゃ！」

関係者席にいるのは、子供から大人気のアイドルユニット『ゆらゆらシスターズ』のナターリャちゃんと実唯菜ちゃん。それに、『FFF』の七海ちゃん、麗美ちゃん、日夏ちゃん。

みんな、私でも知っているくらい有名な人達ばかり。

こんな人達がわざわざライブを観に来るなんて、やっぱり螢さんはすごい！

一〇分後。さいたまスーパーアリーナに聞いていているだけで元気いっぱいになる、明るい音楽が流れ始めた。まだステージには誰もいないのに、会場は大盛り上がり。

キラキラに輝き始めた会場が、一瞬の暗闇に包まれると、

「さぁ、輝こう！」

『絶対アイドル』螢さんが、ステージに現れた。

「…………っ!!」

ライブが始まった瞬間、私は自分の浅はかさを思い知らされた。

初めから螢さんはすごいというのは分かっていた。だけど、そのすごさは私の想像を遥かに上回るもの。一挙手一投足、全てに無駄がない理想的な動き、そして歌。

一般席はもちろんだけど、さっきまでライブに興味がなさそうにお仕事のお話をしていた関係者席の人達も、一心不乱にライブを楽しんでいる。

「す、すごすぎる……」

こんな素敵な場所が、この世にあるなんて信じられない。

特に私が感動したのは、会場にいる人達の笑顔だ。

みんな、キラキラに輝いた『本物』の笑顔を浮かべている。

この場にいる全員が、螢さんの作り出した世界の一部になっている。

自分だけじゃない。全ての人が『本物』になれる時間を螢さんは創り出している。

私は、舞台の上で『本物』の物語を魅せるために、今まで努力してきた。

だけど、螢さんは違う。舞台の全てを『本物』の物語にしているんだ！

…………

楽しい時間は、あっという間。気が付けば、螢さんのライブは終わりを告げていた。

すごい！　すごすぎるよ！　どうやったら、こんなことができちゃうの？

自分だけじゃない、舞台の上だけじゃない、舞台の全てを『本物』にするなんて……。

──素敵なアイドルと出会えたら、ご機嫌は勝手に良くなっちゃいます。

ねぇ、螢さん。私もできるかな？　私も貴女と同じ『本物』の時間を作れるかな？

私も……

「アイドルって、いいなぁ……」

自然と、その言葉が口から漏れていた。

でも、それは決して叶えてはいけない願い。私には、別の夢がある。

女優になって、ママと二人でレッドカーペットの上を歩く。だから、この気持ちは──

「なら、君もなってみるかい？」

「え？」

突然、私の隣にいた女の人が話しかけてきた。

「螢に感謝しなくてはならないな。こんな場所で、こんな出会いが待っているとはね……」

この人は、いったい誰だろう？　この人は、いったい何を言っているんだろう？

困惑する私を優しい笑顔で見つめながら、その人は言った。

「君は、誰をも引きつける輝きを見せられるよ」

それが、私と優希さんの出会いだった。


【ｔｉｎＧｓ】


——三ヶ月後。

私は、遂に芸能事務所に所属することになった。

だけど、ママと同じ事務所じゃない。私が入ったのは……芸能事務所ブライテストだ。

「祇園寺雪音です！　よろしくお願いします！」

レッスン場で、私は元気よく挨拶をする。立ち位置は、一番右。

左側には、私と同い年くらいの女の子が四人いる。

「青天国春だよ！　みんな、よろしくね！」

「玉城杏夏です。以後、お見知りおきを」

「えと……聖舞理王です。……うにゅ。よろしくお願いします！」

「伊藤紅葉、よろしく」

「うむ。みんな、元気があって何よりだ」

正面に立つのは、日生優希さん。

さいたまスーパーアリーナで私をスカウトしてくれた、ブライテストの社長さんだ。

「今日から、君達は五人で『ＴＩＮＧＳ』だ。いずれはブライテストを……いや、このアイドル業界を代表するアイドルへと成長してくれることを期待している」

「「「「「はい!!」」」」」

螢さん。私、アイドルになったよ……。

だから、次に会えた時はちゃんと言うね。「アイドルの祇園寺雪音です」って……。

それから、私達五人はレッスン漬けの毎日を過ごすことになった。

「はぁ～！　つっかれたぁ～！」

ダンスレッスンが終わった直後、春が思い切り尻餅をついた。

「ふっ……。その程度で音をあげるとは情けないぞ、春！」

「雪音ちゃんが元気すぎなのぉ～」

アイドルになってから、私は少しだけ自分の口調を変えることにした。

可愛い喋り方ではないと思うんだけど、最年長は私。だから、私がしっかりしてないと。

……正直、かなり後悔してるけど、やり始めちゃったんだから後には引けない。

「恐ろしいスタミナですね……」

体育座りをしながら、肩で息をする杏夏。

「づ、づがれだ……」

レッスン場の床に、ビタンと倒れ込む理王。

「理王たん、無理しない」

何とか立ち上がろうとする理王の頭を、優しく撫でる紅葉。

みんなとは、すぐに打ち解けられた。舞台でも初めて会った人達と一緒に長期間の稽古をすることはよくあったし、初めて会う人と仲良くなるのは慣れっこだ。

だけど、これだけ早く打ち解けられたのは……みんながすごく素敵な子だからだと思う。

「雪音ちゃん、すごいね！　全然疲れてないし、歌もダンスも上手！」

春が、明るい笑顔を浮かべて私にそう言った。

「いや、私様……なんてまだまだだよ。もっと実力を身に付けなければ通用しないさ」

自分のことを『私様』という度に、何とも言えない感情に襲われる。

絶対にやりすぎたよ……。こんな一人称、漫画でしか聞いたことない。

「え～！　もう十分上手だと思うけどなぁ～！　もしかして、前にどこかで習ってたとか？」

「ふっふっふ！　何を隠そう私様は……はっ！」

「雪音ちゃん？」

「じ、自分でだ！　アイドルになるために、自分で練習をし続けていたのだ！」

お腹がキューッと痛くなる。

……本当は違う。私は、昔から演技の勉強をずっとしてきた。

演技には、『演じる』技術以外にも、歌やダンスが要求される場合がある。

そのおかげで、私は少しだけ先を進めているんだ。

でも、私は自分が舞台役者だったことをみんなに伝えていない。

だって、私は……


夜。お家に帰った私は、テーブルでママと向き合って晩御飯を食べていた。

パパは撮影の都合で海外に行ってるから、この家には私とママしかいない。

大きなお家に二人きり。でも、ママがいてくれるから寂しくはなかった。

「雪音、新しい事務所はどう？」

「すっごく楽しい！　まだ始まったばかりだけど、一緒にいる子達もみんな可愛くていい子達ばかりだし、ブライテストに入って大正解だったよ！」

ママに、素直な気持ちを伝えた。

「あら。そんなに沢山、女優志望の子が所属しているの」

「あ……。うん、そうなの！」

胸が、チクリと痛む。

「知らなかったわ。ブライテストは、アイドル専門の芸能事務所だと思っていたけど、女優志望の子がそんなに沢山いたなんて……」

「で、でしょ～？　でも、女優部門はまだできたばかりだから、色々と大変なんだって！」

ママ、ごめんなさい……。私は、嘘をついています。

ブライテストに、女優部門なんてない。私は、ママに内緒でアイドルになったの。

ママは、私が将来女優になることを期待している。私も、それを望んでいた。

でも、螢さんと出会って、私の中にもう一つの夢ができてしまった。

アイドルになりたい。私も、『本物』の笑顔を、『本物』の物語をみんなと作りたい。

その気持ちに抗えなくて、でも、ママの期待は裏切りたくなくて、結局私は一番中途半端で最低な手段を取っちゃったの……。

「頑張ってね、雪音。期待しているわよ」

「うん！　ありがとう、ママ！」

はぁ……。本当に、どうしよう……。

【tinGs】


ブライテストに所属してから三ヶ月が経過して、季節は夏を迎えた。

「ずっと隠しては、いられないよね……」

レッスンの休憩時間、私はコンビニでアイスを買って屋上にやってきた。

雲一つない綺麗な空。だけど、私の心は曇り空。

「デビューしたら絶対にバレちゃうし、それまでにはちゃんと……でもなぁ～……」

この言葉を言うのは、これで何回目だろう？ 本当に、私は中途半端だ。

「あれ？ 雪音ちゃん？」

背後から、声が聞こえた。

「春。どうしてここに？」

「ふっふっふ！ 実はここは、春ちゃんの秘密の特訓場所なのです！」

大きく胸を張りながら、春が妙なことを言った。やっぱり、春は少し変わってる。

「っていうか、それは私の台詞だよ！ 雪音ちゃんはなんで……あっ！」

その瞬間、春の目の色が変わった。

「アイスだぁぁぁぁぁ！」

あっという間に私のそばにやってきた、キラキラした瞳を向ける。

私が買ったアイスは、二つ入り。大福の形をしたバニラアイスだ。

「食べる、か？」

「食べる！」


「はぁ〜、美味しかった！　ありがと、雪音ちゃん！」

「これくらい、大したことではないさ」

春と一緒にいる時間が、私は好き。

何となくだけど、春って少し似てるんだよね。……螢さんに。

「ねぇ、雪音ちゃん」

「なんだ？」

「雪音ちゃんって、私達に何か隠してない？」

「……っ！　べ、別に何も隠していない！　春は何を言っているにょだ!?」

いけない！　思いっきり動揺しちゃった！

「怪しい……」

やっぱり、怪しまれてる！　何とかごまかさないと！　えーっと、えーっと……

「じゃあ、なんでいつもお芝居してるの？」

「なっ！　ななななっ！」

えぇぇぇぇぇ‼　そこまで、バレてたの⁉

「気づいてたの？」

「もちろんだよぉ！　雪音ちゃん、普段はすごくかっこいいのに、慌てた時とかすっごく可愛くなるんだもん！　だから、お芝居してるんだろうなって思ってたんだ！」

春って、私が思ってたよりもずっと鋭いみたい。まさか、私の演技が見破られるなんて……。

「そもそも、自分のことを『私様』って言う女の子なんて、明らかに変だし」

「はうっ！」

やっぱり、やりすぎたんだ！　私のバカァァァァァァ‼

「雪音ちゃ～ん」

「ひっ！」

春が、怪しげな笑みを浮かべて私の顔に自分の顔を近づける。

「正直に話しなさい！」

「……はい。分かりました」

…………

……

「ええええ！　お母さんに女優をやってるって嘘をついて、アイドルをやってるの⁉」

「うん。私のママって、結構有名な女優さんでね……。私も物心がついた頃から、演技に必要な勉強を色々してたんだ……」

「あぁ～……。だから、雪音ちゃんは最初から歌もダンスも上手だったんだね」

「ちょっとだけね……」

「でも、お母さんが有名な女優さんかぁ～。有名な女優……祇園寺……っ！」

そこで、春が思い切り目を見開いた。

「もしかして、雪音ちゃんのお母さんって、祇園寺彩音さん⁉」

「うん」

こんな珍しい苗字だもん。やっぱり、気づいちゃうよね……。

「結構どころか、すっごぉおおく有名な女優さんじゃん！　私、彩音さんのドラマは絶対に観るくらいだよ！」

「そう、なんだ……」

私もそう。ママの出てるドラマは、絶対に観ている。

「ママね、演技が大好きなの。だから、私にも将来は女優になってほしいと思ってるし、私もそう思ってた。………でも、今の私はアイドルにもなりたいの」

「雪音ちゃんは、どうしてアイドルに？」

「『本物』の笑顔を見たいから」

「『本物』の笑顔？」

「螢さんが私に見せてくれた、みんなが心から笑顔を浮かべてライブを楽しんでいる時間。そこは満天の星空よりも綺麗で……自分だけでも、アイドルだけでもない、みんなで『本物』の物語を創り出せる夢みたいな時間。私も、いつか螢さんみたいに『本物』の笑顔を、『本物』の物語を創りたい。……だから、私はアイドルになったの」

「キラキラの夢じゃん！　なら、それをお母さんに言えば――」

「ダメだよ。だって、ママは私に女優になってほしいんだもん。もし、知られたら……」

「なら、ずっと嘘をつき続けるの？」

春の言葉に、私は何も言い返せなかった。

「雪音ちゃん、ずっと嘘をつき続けるのって、すっごく辛いよ。……段々、自分でも本当の自分が分からなくなっちゃうの。自分で自分が分からなくなって、壊れちゃいそうになる……」

優しさと悲しさを帯びた春の言葉。

もしかして、春もそんな経験があるのかな？　なんとなくだけど、そう思った。

「だから、本当のことが言えるなら絶対に言ったほうがいいよ！」

「言えないから、困ってるの！」

あぁ、私は最低だ。春は私を心配してくれているのに、こんな八つ当たりをして……。

「子供の頃からずっと期待されてて、その期待に応えたい気持ちと別の気持ちがゴチャゴチャになって……っ！」

だけど、どうしても止められない。

「もし、私がアイドルをやってるって知ったら、ママが傷ついちゃう！　私がすごく我侭なことをしてるって分かってる！　でも、どうしても諦めたくなくて……」

自分を心配してくれている仲間にこんなひどいことを言って……。私、何してんだろ。

「……ごめん」

「ううん、大丈夫だよ。……だけどさ、雪音ちゃん」

春が、優しく私を抱きしめた。

「もし、お母さんが別の形で知ったら、雪音ちゃんが思っているより傷ついちゃうよ？」

「……あっ！」

その通りだ。言われるまで、気が付かなかった。

私はママを傷つけたくないと考えながら、ママが一番傷つくことをしていたんだ。

「だからさ、ちゃんと勇気ができたら、自分の口から伝えよ？」

ずっとずっと嘘をつき続けて……、そんなのダメだ。

「私、ちゃんとママに話してみる！」

「うん！　頑張れ、雪音ちゃん！」

「……よし！」

レッスン帰り、私は玄関の前で気合を入れる。

「……春、私やるからね」

震える手に力をこめて、勢いよくドアを開けてお家の中に入る。

でも、そこで奇妙なことが起きた。

「ただいま！　……あれ？　ママ？」

いつもは、私が帰ってきたら絶対に玄関に来てくれるママが来ない。

どうしたのだろうという疑問は束の間。ママが玄関にやってきた。

「あっ！　ママ！　あのね、実は大切な話が……っ！」

そこで、言葉は止まった。ママが片手にとある物を持っていたからだ。

それは、ベッドの下に隠していた……

「これは何かしら？　雪音」

私の、予備のレッスン着だ。

【tinGs】

翌日の土曜日。私は、ママと一緒にブライテストの社長室にいた。

「どういうことかしら、優希？」

「何の話ですか、彩音さん？」

ひりついた空気の中、ソファーで向かい合って話すママと優希さん。

ごめん、優希さん。私のせいで……。

「ブライテストには、女優部門があるのでしょう？　私は、貴女からそう聞いたからこそ雪音の所属を認めたのだけど？」

「ええ。将来的には、そういった部門も設立する予定ですよ」

「今すぐ設立してもらえない？　そうじゃないなら、雪音は退所させてもらうのだけど？」

「堪え性がないのは、親子でよく似ていますね」

「ええ。私も雪音も、ショートケーキのいちごは最初に食べるタイプだもの」

何が何だか分からなくて、ママと優希さんの会話が全然頭に入ってこない。

私は、ただ震えて縮こまるだけ……。

「雪音。君はどうしたい？」

優希さんが私にそう言った。

「その、私は……」

「当然、女優になるわよね？ 私は貴女を、そうやって育ててきたつもりだけど？」

そうだ。私はママにそうやって育てられた。

いつか、二人でレッドカーペットの上を歩こう。それが、私とママの夢。

期待されてるんだから、自分の我侭でママの期待を裏切るなんてダメ。

大好きなママ。尊敬してるママ。ママのためにも、選ぶべき道は一つしかない。

「私は……」

「雪音ちゃん!!」

その時、社長室のドアが乱暴に開かれた。

入ってきたのは、春。格好は、レッスン着。ものすごく慌てた表情をしている。

「貴女は？」

「青天国春！ 雪音ちゃんと一緒にデビューするアイドルです！」

「雪音と一緒に？ 残念だけど、それはなかったことにしてちょうだい」

「ダメです！ 雪音ちゃんは、私達とデビューします！」

真っ直ぐにママを見つめて、春がそう言った。

春はすごいなぁ。怒ってるママはすごく怖いのに、こんなことが言えるなんて……。

「それは貴女だけの我侭ではないかしら？　雪音は女優になりたいのよ？」

「そんなことありません！　雪音ちゃんだって、同じ気持ちです！」

私も同じ？　春と私が、同じ気持ち？

「だよね、雪音ちゃん！」

「…………」

春の言葉に、私は何も返せない。

「雪音ちゃん、自分の気持ちを正直に言って！」

分かってる。ちゃんと言うつもりだったから、そんなに急かさないで。

「本当に、このままおしまいでいいの!?　雪音ちゃんの夢はそんなものなの!?」

大きな夢だったよ。でもね、もう一つの夢もとても大きな夢なの。

だから、私は……

「雪音ちゃんは、素敵なアイドルだよ！」

「……っ！」

そうだ。あの時、螢さんからそう言ってもらえたんだ。

アイドルが大嫌いだった私を、アイドルが大好きな私にしてくれた螢さん。

私に、世界で一番綺麗な『本物』の笑顔を見せてくれた螢さん。

私は、もう一度螢さんに会いたい。……今度は、アイドルとして！

「ママ！　私、アイドルになりたい！」

真っ直ぐにママを見つめて、自分の気持ちを伝える。

今まで嘘をついていてごめんなさい。でも、どうしてもこの気持ちは抑えられない。

「アイドルになって、みんなを『本物』の笑顔にしたい！　ううん、絶対してみせる！　螢さんみたいな、素敵なアイドルになりたいの！」

「女優でも同じ夢は叶えられるでしょ？」

「うっ！」

「女優は星、アイドルは花火。どちらも強く輝けるけど、花火はすぐに消える」

分かってる、アイドルの寿命は短い。どれだけ頑張っても、必ず限界の時が来る。

でも……、それでも……っ！

「その分、そばで輝けるよ！」

私は、アイドルになりたい！

「花火はすぐに消えちゃうかもしれない！　でも、星よりもずっとそばで輝ける！　近い分、大きな輝きを見せられる！」

夢が叶えられるなら、すぐに消えちゃってもいい。

だって、記憶は残るから。みんなと作った『本物』の笑顔は絶対に消えないから！

「だから、お願い！　私に、アイドルをやらせて‼」

全身が熱い。頭の天辺からつま先まで、燃え上がるような感覚だ。

ママ、絶対に怒ってるよ。だけど、私は……

「最初から、素直にそう言いなさい」

「え？」

えっと、ママは何を言ってるの？　てっきり、すごく怒られるかと……

「悪かったわね、優希。こんな茶番に付き合わせてしまって」

「大切な娘さんを預かる身ですからね。このくらい気にしないで下さい」

ママと優希さんは何を話しているのだろう？

茶番？　今までのやり取りが全部？　それって……

「もしかして、ママって……」

「最初から知っていたわよ。貴女がブライテストでアイドルをやっていることなんて」

「えええええええええええええ!!」

「まだまだ演技も勉強不足。……精進しなさい」

「〜〜〜っ!!」

うそぉぉぉ!!　全部、バレてたの!?

なら、今までの私って……ううう!!　恥ずかしぃぃぃぃぃぃぃ!!

「ふふふ。ごめんなさい、全然言い出さないから、優希に協力してもらったの」

「優希さん!!」

「親子そろって、堪え性がないと言ったじゃないか」

そんな言葉で、分かるわけないじゃん！

っていうか、待って。ママが知っていたなら……

「じゃあ、私は……」

「大切な娘が本気でやりたがっていることを、邪魔する親になるつもりはないの」

「ママ……」

本当に、本当に私はアイドルになれるの？　アイドルになっていいの？

「だけど、やるからには最高の結果を。貴女の魅力を世界中の人に、伝えられるくらいのアイドルに……『本物』を示しなさい」

「うん！　もちろんだよ！」

ありがとう、ママ。……大好き！

「さてと、それじゃあ邪魔者はお暇ね。優希、雪音のことは頼んだわよ」

「はい、任せて下さい」

清々しい笑顔を浮かべたママは、そのまま社長室の出口に向かう。

だけど、そこに立っていた春を見つめると、

「貴女も、素敵な女優になれる才能を持っているわね」

最後に、春に向けてそう言った。

「よかったぁぁぁ！　本当によかったよぉぉぉぉ!!」

「わっ！」

屋上で、私は大粒の涙を流しながら春に抱き着いた。

ママが認めてくれた。私は、ちゃんとした形でアイドルになれるんだ！

それも全部……

「春がいなかったら、ちゃんと言えなかった！　春がいなかったら……」

「違うよぉ！　雪音ちゃんが頑張ったから、アイドルでいられるんだよ！」

春と一緒にいられてよかった。『TINGS』に入れて、本当によかった！

「ふふふ……」

「ふふっ」

ひとしきり涙を流した後、私と春は顔を見合わせながら笑顔をこぼした。

ここからが、本当の始まり。これから、私のアイドルが始まるんだ！

「助けてくれてありがとう！　もし春が困ってたら、私も絶対に助けるから！」

私に勇気をくれた春。私をアイドルでいさせてくれた春。

春のためなら、どんなことだってやってみせるんだから！

「え～。雪音ちゃんにできるのぉ？」

「できるもん！」

「そっか！　じゃあ、私がすっごく困ってたら、雪音ちゃんに助けてもらうね！」

「うん！　約束！」

【ｔｉｎＧｓ】

それからの毎日は、本当に楽しかった。

春、理王、杏夏、紅葉。私の大切な『ＴＩＮＧＳ』の仲間達。

みんなと出会ってから半年が経過して、私達の絆はより強くなった。

「はっ……。はっ……。はっ……」

今日は、河川敷でランニング。アイドルは、技術力だけじゃなく体力も必要だ。

「よし……。マサオ橋だ……」

折り返し地点の目印は、大きな青い橋。すごく濃い青色の橋だから、私達は『真っ青』を省略して、『マサオ橋』とその橋のことを呼んでいた。

「暑いのに寒いです」

杏夏が、小さく文句をこぼす。

季節は秋。もう冬が近づいてきているのか、寒風が肌を刺激する。

「そうだな。ブライテストのジムが使えればいいのだが……」

「私達の立場じゃ無理だよぉ～」

隣を走る春が、切実な声を漏らした。

「……うにゅ。前に聞いた話だけど、単独で一万人を集めたらブライテストのジムを使わせてもらえるんだって……」

杏夏の隣の理王が、遠慮がちな声で私達に衝撃の事実を伝えた。

「ええ！　そうなの、理王ちゃん⁉」

「うん……。優希さんから聞いた」

「絶対、有名になってやる……っ！」

「そうですね。といっても、私達はまだデビューもしていないので、冬もここを走ることは確定しているのですが……。マサオ橋との付き合いは、まだ続きそうです」

「言うな、杏夏！」

「ぜぇ……。ぜぇ……。ぜぇ……」

マサオ橋で折り返した私達と合流した紅葉は、息も絶え絶えといった様子だ。

このままだと、もっと遅れて一人になっちゃうし……

「みんな、先に行っててくれ。私様はここで――」

「私も、雪音ちゃんの案に賛成！　一緒にここ！」

「私もです」「私も！」

みんな疲れているはずなのに、誰一人嫌な顔をせずにそう言ってくれる。

本当に、『TINGS』は素敵なグループだ。

「み、みんな……ぜぇ……ありがと……」

「気にするな、ここからはみんなでペースを合わせていこう」

「……うん」

この半年の間で、大分みんなのことが分かってきた。

「大丈夫ですよ、紅葉。体力はやればやるほど、つくものですから」

杏夏は、（たまに変な冗談を言うことはあるけど）一番のしっかり者。

その冷静さも頼りになるけど、一番すごいところは教わったことを確実に身に付ける力だ。

どんなに難しい振り付けでも、絶対に諦めずに反復練習を繰り返して、最後には完璧に踊ってみせる。私なんて、今でもたまにミスをしちゃうのに、杏夏にはそれがない。

「紅葉、一緒に頑張ろうね」

理王は、引っ込み思案でおっちょこちょいな女の子。

ダンスがかなり苦手みたいで、自分だけがちゃんと踊れないことを気にしている。

でも、その欠点を補って余りあるくらいに、歌が上手。今まで私は、理王より歌が上手な子に出会ったことがない。ただ、本人がそれに全然気づいてないんだよね……。言ったほうがいいのか、言わないほうがいいのか、これは理王以外の四人の共通の悩みだったりもする。

「うん。みんながいる。だから、頑張れる」

紅葉は、何だか変な日本語を使う時がある変わった女の子だ。

そして、私達の中で誰よりもダンスが上手い。技術力はもちろんだけど、魅せ方がすごい。

紅葉だけが、見せるダンスじゃなくて、魅せるダンスを踊れる。

杏夏も理王も紅葉も、みんなすごい才能を持つ女の子。

だけど、誰が私達の中で一番のアイドルって聞かれたら……

「そだね！　みんなで一緒にがんばろぉ～！」

青天国春と、私は答えるだろう。

春の魅力は、言葉では中々言い表せない。杏夏と比べて振り付けのミスも多いし、理王より歌唱力が高いわけでも、紅葉よりダンスが上手いわけでもない。

グループのバランスを整える調整力はすごいんだけど、春の凄味はそこじゃない。

春には、不思議と目が離せなくなる魅力があるんだ。

初めて優希さんに作ってもらった持ち曲……『Ｂｅ　Ｙｏｕｒ　Ｌｉｇｈｔ‼』。

センターは、もちろん春。私達は、誰一人として文句を言わなかった。

でも、悔しくなかったわけじゃないよ！　私だって、センターに立ちたいもん！

だから、もっともっとレッスンをして、次の曲では私がセンターになってみせるんだから！

「はぁ……。はぁ……。雪音たん、ありがと……」

「これくらい、気にするな」

ランニング後の帰り道、ゴールに辿り着いた時点で体力を使い果たしてしまった紅葉をおぶって、私はブライテストへと向かっていた。少し前では、三人が楽しそうに会話をしている。

「気にする。雪音たんには、いつもありがとうがいっぱい」

「む？　そうか？」

「雪音たん、いつも私を一人にしないでくれる。……ううん、私じゃなくて、みんなを一人にしないでくれてる。だから、いっぱいありがとう」

「当たり前だろう。私様達は、五人で一つじゃないか」

明確な理由はない。だけど、私の中である一つの確信。

私達は、五人じゃなきゃダメ。五人が揃った時、一番の力が発揮できる。

「うん……。私もそう思う。でも、一番ありがとうは雪音たん」

「そうか。なら、紅葉の一番ありがとうは私様の物だ」

肌寒い季節なのに、胸の中がとても温かいな……。

「私も、雪音たんを一人にしないからね」

【ｔｉｎＧｓ】


いよいよ、本格的な冬が到来した。

まだデビューはしていない。だけど、素敵な思い出は沢山できた。

初めて、五人で完璧に踊れた『Ｂｅ　Ｙｏｕｒ　Ｌｉｇｈｔ!!』。

あの時の感動を、私は絶対に忘れることはないだろう。

レッスン後に、みんなでファミレスに行った。杏夏の注文したハンバーグを春がつまみ食いして、すごく怒られていたのは今思い出しても笑いがこぼれちゃう。

近くで花火大会をしていたから、ブライテストの屋上に行って五人で見た。綺麗な花火を見つめながら、春と「私達はもっと輝こうね！」と、花火相手にライバル心を燃やしたな……。

きっと、これからも沢山の素敵な思い出ができるのだろう。

そして、辛い困難も待っているはずだ。だけど、私達なら大丈夫。

どんな困難でも、五人なら絶対に乗り越えられるんだから！

「今日は、頑張ったからプリン！」

「くす……。理王はいつもそれですね」

「私もプリン大好きだよ！　理王ちゃんには、ちょっと敵わないけど」

レッスン終わり、私は三人の会話を心地良く聞きながら、帰りの支度をしていた。

「………」

あれ？　どうしたんだろう、紅葉？　何だか表情が暗い。

それに、さっきからずっと春を見てて……

「よぉ～し！　準備完了！　みんな、おまたせ！」

全員の帰り支度が整った。あとは、いつものように五人で帰るだけなんだけど……

「すまないが、先に帰ってもらえないか？　私様は、紅葉と二人で話があるんだ」

「にょ!?」

どうしても、紅葉の表情が気になって仕方がない。

「なにそれ！　私も一緒に……」

「それが、どうも紅葉は私様にだけ話したいようなんだ。……そうだな、紅葉？」

「……そ、そう！」

私から発せられた圧が原因か、紅葉が大慌てで首を縦に振った。

「え～！　私も知りたい！」

「そんな大した話ではないから、気にするな。ほら、紅葉が困っているだろう？」

「むぅ～！　分かったよぅ……。じゃあ、今日は我慢する……」

春はどこか納得のいかない表情を浮かべているけど、引いてくれた。

私も聞いていいと思ったんだけど、紅葉の表情から何となくやめておいたほうがいい気がして、一人で話を聞くことにした。

「雪音ちゃん、紅葉ちゃん！　また明日ね！」

「雪音、紅葉。また明日も頑張りましょうね」

「また明日ね……。雪音、紅葉」

「ああ。また明日だ」

この時の判断が正しかったのか、それは今でも分からない。

『また明日』。その『明日』は、私達に来なくなるのだから……。

「さて……」

だけど、この時の私はそんなことになるなんてまるで気づいていなかった。

「春に何か言いたそうな顔をしているように見えたが、私様の気のせいか？」

「べ、別に何もない！」

「本当は？」

「とてもある！　……はっ！」

紅葉って、隠し事とか苦手なタイプだと思う。

「なんて巧妙な……」

こんな手に引っかかるのは、多分紅葉だけだよ……。

「なにを隠しているんだぁ～？」

「あわわ……。い、言わないとダメ？」

「ダメだ」

私達は、五人で一つだもん。メンバーの悩みを放っておけるわけがないじゃん。

「……あの、ね……。本当に、私の気のせいだといいんだけど……」

もったいぶる紅葉を見ていると、少しだけ笑いがこぼれそうになる。

私も、春に色々と追及された時は、中々話し出さなかったよなぁ。

まるで、少し前の自分を見ているみたいで――

「春たん、一度も本気をだしてない。ずっと本当の自分を隠してる……」

「……え？」


二一時三〇分。本当ならもうとっくにお家に帰っている時間だけど、私と紅葉は息をひそめてブライテストに残っていた。

「雪音たん、やっぱりやめておいたほうが……」

「紅葉が変なことを言うからだろう！」

紅葉が言うには、毎週月曜日と木曜日、春はみんなと帰った後にもう一度ブライテストに戻ってきているらしい。そして、今日は木曜日。

紅葉の言っていることが本当なら、春がブライテストに戻ってくる日だ。

そもそも、なんで紅葉がそんなことを知っているかって話なんだけど、一度紅葉が忘れ物を取りにブライテストに戻ったら、たまたま春を見かけたんだって。

「絶対に、紅葉の勘違いだ……」

春が本気を出していないなんて嘘。だって、春は私達の中で一番上手なんだよ？

ただ、すごい調整力を持ってるから、そう見えただけだって。

「……っ！」

その時、私の中で嫌な予感が一歩前に進んだ。

紅葉の言った通り、戻ってきたからだ。三つ編みに眼鏡をかけた春が。

静かに階段を上っていき、屋上へと入っていく。私と紅葉は慎重にその後をつけていく。

そして、ドアの隙間から屋上を覗いてみると……

「うそ……」

そこには、世界で一番綺麗で、世界で一番見たくないアイドルがいた。

風の音と車の音だけが聞こえる屋上で、たった一人パフォーマンスをする春。

次元が違った……。私達と比べること自体が間違っている。最前線で活躍するトップアイドルと比較しても、何の遜色もない。いや、むしろ勝っている可能性すらある。

可愛くて綺麗でキラキラに輝いていて、観ているだけで胸が高揚する。

あんなパフォーマンスができるアイドルなんて……

「螢さん？」

私は、たった一人しか知らない。

「ふぅ……」

一つのパフォーマンスが終わると、春が小さく息を吐いた。

だけど、そこにいつもの笑顔はない。とても悲しそうな表情で……

「たまには、ちょっとだけね……」

春が、そう言った。


「うっ！　うううう……」

春に見つかるわけにはいかなかったので、私達は絶対に音を立てないように屋上をあとにして、更衣室へ向かっていった。だけど、そこが限界。

足が震えて立っていられなくなって、私はその場に崩れ落ちて涙をあふれさせた。

「どうして？　どうして、春？」

信じられない……。

あの春が、私を助けてくれた春が……、ずっと本気を出してなかったなんて。

「雪音たん、ごめんなさい……」

「紅葉が、謝ることじゃない！　紅葉は、悪くないよ！」

悪いのは私だ。自分が、本当に情けない。私が、もっとちゃんと春を見ていたら……。

「……う？」

静かな更衣室に、振動音が響く。それは、私のスマートフォン。ママからの電話だ。

『雪音、どうしたの？　帰りが遅いけど……』

「……ママ」

『何があったの？』

私の声色から、すぐに何か起きていることに気が付いたママがそう言った。

一度、スマートフォンから口を外して、小さな声で「ママに言ってもいい？」と紅葉に確認をしたら、首を縦に振ってもらえた。よかった、それなら――

『青天国春ちゃんが、本気を出していないことに気が付いたの？』

「え!?　なんで!?　なんで、ママが知ってるの!?」

私、まだ何も話してないよ！

『初めて会った時から、あの子はアイドルの演技をしていた。……しかも、完璧な自然体の演技をね。だから、あの後に少しだけ貴女達のレッスンを覗かせてもらったの』

「じゃあ、その時も春は……」

『ええ。見事な演技を見せていたわ。レッスンに苦しむ、駆け出しアイドルの演技をね』

驚き以上に、悔しさがこみあげてきた。

もし、私にママと同じくらいの観察眼があれば、春のことも分かってあげられたんだ。

何が元舞台女優だ！　春の演技も見抜けない程度なんて……っ！

『ごめんなさい。春ちゃんの気持ちを考えたら、どうしても伝えられなかったの……』

「ママは、どうして春が本気を出さないか分かるの？」

『ええ。私も似たような経験があるもの』

「教えて！　私、春を助けたいの！」

『一人だけレベルの高いものを見せてしまったら、全体を破壊してしまう。これは、アイドルも演技も一緒。五人もメンバーがいるのに、たった一人だけが目立つグループなんて、お互いに辛すぎるでしょ？』

すぐに理解できた。舞台やドラマは、みんなで一つの物語を作っていく。

その中で一人だけハイレベルな演技をしたら、全体のバランスが崩れてしまう。

本人の評価は上がるけど、作品としての評価を落としてしまうんだ。

「じゃあ、私達がもっと上手くなれば……」

『もちろん、それもあるわ。でも、それだけじゃない』

「どういうこと？」

『現時点で、春ちゃんと貴女達には技術にも大きな差がある。でも、それ以上に大きな差があるのは…………才能の差』

「才能？」

「その子にしかできない、その子じゃなきゃできない才能。それを、完璧な形で貴女達四人が表現できないと、恐らく春ちゃんは本当の姿を見せることはない」

そう言われて、思い当たることはあった。

私、杏夏、理王、紅葉。レッスンでは、みんなで共通の技術を身に付けるための練習をしている。……だけど、私達は自分の才能の全てを発揮しきれていない。

唯一、春を除いてそれが出来ているのは……

「雪音たん？」

紅葉だ。紅葉だけは、自分の才能を発揮して、紅葉にしかできないパフォーマンスをレッスンで見せている。でも、私と杏夏と理王はできていない。

『才能を身に付けるのは、とても難しい。ただ、稽古を積めばいいというものではないもの。必要なのは、きっかけ。自分の中の才能を目覚めさせるきっかけが必要になる……』

「うぅ……。じゃあ、どうすればいいの？　私、今の春じゃやだよぅ……」

『…………』

ママは、何も答えない。だけど、それから少し経つと、

『一つだけ思いついた方法があるわ。……とても危険な方法だけど』

私に、希望を提示してくれた。

「教えて！　私、それをやってみせる！　今度こそ、絶対に……」

『雪音、落ち着きなさい。やるかどうか決めるのは、私の話を聞いてから』

「あ……。うん……」

『昔、ある舞台に主役で出た時、私は周りのレベルに合わせて演技をしていたの。だけど、その時に一人の女優が私に対してすごく突っかかってきた。「自分のほうが上だ」ってね』

色々な意味で驚いた。まさか、ママに向かってそんなことを言える人がいるなんて……。

『正直、意味が分からなかった。残念だけど、その子の演技力は私と比べて遥かに劣っていたし、最初は適当にいなして私はレベルを合わせた演技を続けていた』

当然だ。全体の調和を考えたら、そうするのが正しい。

『だけど、その子は段々と私に追いついてきた。そして、自分自身の才能を開花させて、私とは違う切り口の、その子だけができる演技を見せてきた。その時、初めて危機感を持った。舞台の主役は、私。主役として、一番目立たなくてはいけない立場にある。……だけど、このままだとこの子に喰われるって』

「う、うん……」

『だからこそ、私も才能（オリジナリティ）の全てを引き出した。主役として、負けるわけにはいかない。全体の調和のためにも、私の未来のためにも、一番目立つのは私でなくてはいけないと思ったから。……そして、その舞台は私の最高傑作と呼ばれるようになった』

それで、すぐにピンときた。私が、ママの演技が大好きになった舞台。

あの時のママの演技は、本当にすごかった。舞台を観（み）ているはずなのに、まるで自分がその世界に存在するような錯覚を与えるような演技で……そうだ。

ママも、螢（ほたる）さんみたいにみんなで『本物』の物語を創っていたんだ。

『後になって知ったのだけど、その子は私に本気を出させるため、私の才能（オリジナリティ）を引き出すため、わざと敵役を演じていたの。それが、最高の舞台を作るための最良の方法だと信じて』

「それって、つまり……」

『貴女（あなた）が、完璧な敵役の演技をして、みんなの才能（オリジナリティ）を目覚めさせる』

私が、『TINGS』の敵？　大好きなみんなの？　私を助けてくれた春（はる）の？

『とても危険な手段よ。もしも失敗したら、貴女（あなた）は全てを失ってしまう』

「だけど、上手（うま）くいったら？」

『「本物」の春（はる）ちゃんに会うことができる。本当の貴女（あなた）達に成ることができる』

ママの最後の言葉が、私に決意させた。

「やる。私、やるよ！　春（はる）にはずっと助けてきてもらった！　だから、今度は私の番！」

『貴女なら、そう言うと思ったわ。頑張ってね、雪音。貴女は、私の娘よ。完璧な演技を見せて、春ちゃんを……みんなを騙しきりなさい』

「うん！」

【ｔｉｎＧｓ】

翌日、私は社長室に行って、優希さんに自分の考えを伝えた。

「本気かい、雪音？」

「今のままでは、『ＴＩＮＧＳ』は本来の姿になれません。私はもちろん、杏夏と理王の才能を開花させないといけません」

「そのために、『ＴＩＮＧＳ』の敵となると？　内からではなく外から彼女達の危機感を煽り、自らが才能を引き出すきっかけになるというのかい？」

「はい。だから……」

言っちゃダメ！　大好きなみんなと離れるなんて、嫌だよ！

弱い私が叫ぶ。だけど……

「『ＴＩＮＧＳ』を脱退させて下さい」

心の叫びを打ち消して、私はそう伝えた。

「分かった……。あまり歓迎できる事態ではないが、他に明確な手段を私は君に提示できない。非常に心苦しいが……君の希望を叶えるよ……」

「ありがとうございます」

優希さんは、私の考えにすごく難色を示したけど、最終的には受け入れてくれた。

ごめんなさい。でも、私も他に方法が思いつかないの……。

「こんな時、彼がいてくれたらな……。……いや、ないものねだりか……」

社長室を出る直前、優希さんが小さくそう呟いた。

彼？　いったい誰のことだろう？

こうして、私は『TINGS』を脱退したんだけど……一つだけ予想外のことが起きた。

私は、一人で脱退しようと考えていたのに……

「本当にいいの？」

「うん！　私は雪音たんを一人にしない！」

紅葉もついてきてしまったのだ。

………


「雪音ちゃん、紅葉ちゃん！」

ブライテストの更衣室で荷物をまとめていた私と紅葉の下に春達三人がやってきた。

「嘘だよね⁉　二人が、『TINGS』を抜けるなんて、嘘だよね⁉」

瞳に涙を浮かべて、春が叫んだ。

ごめん。ごめんね、春……。

「本当だ。私様達は、『TINGS』を脱退し、今後は『ゆきもじ』として活動する」

「そんな……。考え直して下さい！」

普段の冷静さが、嘘みたいに取り乱す杏夏。

ありがとう。私達のことを大切に想ってくれて。私達も、同じだから……。

「うにゅ！　雪音と紅葉がいないなんて、嫌！　私達は、五人で一つだよ！」

普段は引っ込み思案な理王が、こんなに頑張ってくれている。

全部同じだよ、理王。私も、同じ気持ちなの……。でも、だからこそ……

「実力不足なのだよ、君達は」

私は、貴女達の敵になる。

「「……っ！」」

私から発せられた言葉が信じられなかったのか、三人が目を見開いた。

「教わったことを教わった通りにしかできない、つまらないパフォーマンス」

「……っ！」

杏夏、貴女を尊敬してる。

教わったことをミスせずに、あんな完璧にできるなんて、本当にすごいよ。

「いつまでも、上達しないダンス」

「……うにゅ！」

理王、貴女に嫉妬した。

だって、貴女の歌声は神様がくれた才能だもん。私も欲しかったなぁ……。

「そして……、周りを気にして、中途半端なことばかりするセンター」

「雪音ちゃん？」

春、貴女が大好き。

嘘ばかりついて逃げていた私が前を向けたのは、全部貴女のおかげ。

「足手まといと組んで、夢が叶うものか。だから、私様と紅葉は抜ける」

「そう！　私達のほうがそっちより、ず～～～っと上！」

だから、今度は私の番。私が貴女を助ける番。

いっぱい傷つけてごめんなさい。迷惑をかけてごめんなさい。

こんな私なんて、もう受け入れなくてもいい。拒絶してくれてもいい。

でも、それでも……

「春、忘れるな……。君にだけは、絶対に負けない」

『本物』の貴女にしてみせる。


ブライテストの事務所をあとにして、私と紅葉はとある場所へと向かう。

「紅葉、ごめんね……」

「雪音たん、一人にしない！　私のルール！」

紅葉の笑顔が、私の心を癒してくれる。

本当はそんな権利、私にはないのに……ありがとう、紅葉。

「まだ遠い。でも、いつか必ず……」

「おっ！　来たねぇ！」

建物に入った私と紅葉を、七海が笑顔で迎え入れてくれた。

私達が向かったのは、ブライテストではなく『FFF』のレッスン場。

今日から、私と紅葉はここでレッスンをする。

優希さんからの計らいだ。「私にでき得る最高の環境を用意しよう。もし耐え切れたならば、君達はトップアイドルに匹敵する実力と才能を得られるはずだよ」。

ありがとう、優希さん。本当に、ありがとう……。

「事情は聞いてるよ！　ただ、大丈夫？　君達がやろうとしてることは、すごく大変だよ？」

「まったく問題ない」

「為さねば成らぬ！　何事も！」

「そっか……」

春の秘密を知っている人は、ブライテストだと私と紅葉、そして優希さんと『FFF』のメンバー。だから、七海も私達の協力者だ。

「そこまでの覚悟ならオッケーだ！　君達のど根性を見せてみなさい！」


【ｔＩｎＧｓ】


七海の、『FFF』のレッスンは、今までのものとは比べ物にならないくらい厳しくて、私達は自分達とトップアイドルの力の差を思い知らされた。

「はぁ～！　はぁ～！　はぁ～！」

「ぜぇ～！　ぜぇ～！　ぜぇ～！」

「根本的に基礎がなってないから、そうなるの。無駄な動きが多すぎ。自分の才能を引き出したかったら、最低でも杏夏と同じくらいミスをしなくなってからにしなさい」

【t　I　n　G　s】

「ダメだねぇ〜。ダンスに集中しすぎて、歌が全然歌えてないぜい？　そんなんじゃ、理王の歌声に飲み込まれて終わりだねん」

「くっ！　紅葉、もっと声を出すぞ！」

「うん！　お口もダンス！」

来る日も来る日も、紅葉と二人でレッスンの毎日。

自分達の未熟さと、三人のすごさを思い知らされる毎日。

【t　I　n　G　s】

「おぉ〜！　二人とも上達して来てます！　ですが、まだまだですね。平凡過ぎて、才能が引き出せていません。……ひとまず、もう一曲いっときますか？」

「日夏たん、お願い！」

「ああ！　今度は、必ずやってみせる！」

何度も何度も失敗した。どこもかしこも筋肉痛。

体で痛くないところなんて、どこにもない。


【tInGs】


その日、私達は久しぶりにブライテストのレッスン場を訪れていた。

「ふん。気が向いたからレッスンを覗きに来てやったが、やはり君達はダメだな」

「うん。私達のほうがずっと上手。デビューもきっと私達が先」

「残念ながら、それは有り得ません。私達も成長していますから」

「だとしたら、もう少しマシな動きをしたらどうだ？　杏夏、君のパフォーマンスは縮こまっていてつまらないぞ。もっと自分の武器を理解するのだな」

「うにゅ……。私だって、頑張ってるもん……」

「理王たん、歌が全然歌えてなくて、つまんない。私のほうがずっと上」

「……雪音ちゃん、紅葉ちゃん」

　レッスンを見る度に、本当にびっくりする。

　杏夏も理王も、前と比べてずっと上手になってるんだもん。嬉しい反面、焦りが生まれる。

　このままのレッスンじゃ、もしかしたら追いつけないかもしれない。

【ｔ　Ｉ　ｎ　Ｇ　ｓ】

「春達が、『T·iNgS』ってグループでデビューしたよ。ただ、前と違って『i』と『g』は小文字にしたみたいだけど」

「……そうか」

「……ごめんなさい」

私達は、間に合わなかった。

一番大切な仲間を見捨てたまま、結果を出せないまま……。

【ｔ　Ｉ　ｎ　Ｇ　ｓ】

「すみません！　よかったら、明日のライブを観てくれませんか⁉　三人ともすごい素敵なアイドルなんです！　夢みたいな時間を必ずみせてくれますから！」

せめてもの罪滅ぼし。『T·iNgS』は定期ライブのチケットの売り上げが良くない。

だから、少しでもその枚数を増やせるようにしないと。

「お願いします！　単調な想いで伝えています！」

「た、単調？　えっと、ごめんね。ちょっと、明日は予定があるから……」

だけど、私達はここでも結果をほとんど出せなかった。

何とかビラだけは全部配りたかったのに、全然受け取ってもらえない。

厳しいな……。本当に、厳しいよ……。

【ｔ　Ｉ　ｎ　Ｇ　ｓ】

『ＴＩＮＧＳ』を脱退して、半年。

今日も、私達は『ＦＦＦ（フライ）』の専用レッスン場で、七海（ななみ）の指導を受けている。

「はぁー！　はぁー！　はぁー！」

「ふぅー！　ふぅー！　ふぅー！」

未（いま）だ実力は気持ちについてこない。こうやって倒れ込むのも日常茶飯事だ。

「あのさぁ……。雪音（ゆきね）、紅葉（もみじ）……」

七海（ななみ）が、どこか遠慮しがちな声でそう言った。

「さすがに、やりすぎじゃない？」

驚いた。いつもはすごく厳しい七海（ななみ）が、こんなことを言うなんて……。

「もう十分だよ。二人とも及第点。だから――」

「及第点じゃ、ダメなの！」

私は、立ち上がって叫んだ。

「杏夏を、理王を、春を裏切って及第点？　そんな結果でいいわけがない!!」

「春たん、このままじゃ一人ぼっち！　私は、誰も一人ぼっちにしない!!」

私には夢がある。必ず叶えたい夢があるんだ。

「なんて強情な……」

五人で過ごした、沢山の思い出。今でも、全部覚えている。

だけど、その中でも特に鮮明で、私の頭にこびりついて離れないのは……

――たまには、ちょっとだけね……。

真っ暗な屋上で行われた、たった一人のキラキラのパフォーマンス。

だけど、表情だけは悲しみに溢れていて……

「約束した！　春が困ってたら、助けるって！　だから、私が春を助ける！　あんな笑顔、『本物』じゃない！　私が、絶対に春を『本物』の笑顔にしてみせる！」

これが、私のちょっと前の物語。

沢山の人に迷惑をかけて、世界一大切なアイドルを失った、情けない物語だ……。

　――現在。

「春も戻ってよ！　本当の春に！」

レッスン場に、雪音の叫びが木霊する。

本来の実力を隠して、自らを偽り続けていた青天国春。

雪音と紅葉は『TINGS』を脱退し、全ての時間をレッスンに注いできた。

目的は、『青天国春を本来の姿に戻すため』。

だが……、それでも春は本来の姿を見せない。

未だに彼女の本来の姿は薄暗い靄に包まれていて、僕もまたその全容を知り得ていない。

「えっと、その……」

「ずっと嘘をつき続けるのは辛いよ！　自分で自分が分からなくなって、壊れちゃう！　春が、私にそう教えてくれたんだよ!?」

「春たん！　今の春たんじゃ、やだよ！　ほんとの春たんがいいよ！」

うろたえる春に、雪音と紅葉が必死に訴えかける。

「雪音ちゃん、紅葉ちゃん……」

今まで一度も本気を出していなかった青天国春。

だけど、その真実に気づいていたのは雪音と紅葉だけではない。

「春、貴女が何を思って、このようなことをしているかは分かりません。ですが……」

「春、このままじゃ、ダメだよ……。本当の春がいないと……」

杏夏と理王も、もう気づいてしまっているんだ。

二人が、当初雪音と紅葉の説得に消極的だった理由はこれだ。

『雪音と紅葉を戻す』ことを目的にしていた春と違って、杏夏と理王は……

「私達は、本当の私達になれない」

二人が戻り、且つ青天国春が本来の姿になることを目的としていた。

「杏夏ちゃん、理王ちゃん。どうして、二人も……」

「噴水広場のミニライブ……三曲目です」

やっぱり、二人が気づいたのはあの時だったか……。

噴水広場のミニライブ。

最後の曲は、春がセンターの『TOKYO　WATASHI　COLLECTION』。

あの時の噴水広場は、理王の『Ｙｅｌｌｏｗ　Ｒｏｓｅ』の効果で、ボルテージは最高潮にまで上がっていた。そこで三曲目に、生半可なものを見せてしまっては、折角来てくれた人を落胆させる事態に繋がり得る。春は、何としてでもそれを避けたかったのだろう。

だからこそ……

「あの時の春、すごかったよ……。いつもの春と、全然違ったもん」

本来の才能を使わざるを得なくなったんだ。

ただ、ステージに立っているだけで自然と人を惹きつける魅力。どこまでも人を高揚させるパフォーマンス。あんなことができるアイドルなんて、僕は一人しか知らない。

本当に、驚いたよ……。意図的に、春が本気を出さざるを得なくなるセットリストを組んだとはいえ、まさかあそこまでのパフォーマンスを魅せるとは思わなかった。

何より驚いたのは……それでもなお、春が余力を残していたこと。

いったい、彼女が本気を出したらどうなってしまうのか？

僕もまた、本当の青天国春は見えていない。

「春、必ず力になる。だから、教えてくれないか？　君が、本当の君を隠す理由を……」

「……マネージャー君」

「もう、みんな気づいているんだ。隠す意味は、ないだろう？」

「そっか……」

諦観を帯びた声を、春が漏らした。

「困っちゃうなぁ……。これは、困っちゃうなぁ……」

普段の春からは想像もつかないような、悲しい笑顔。

よく見ると、体が小刻みに震えている。

「雪音ちゃん、紅葉ちゃん、杏夏ちゃん、理王ちゃん、ありがとう。みんな、私のことを心配してくれてたんだね。すごく嬉しい。……すごく、嬉しいよ」

ゆっくりと流れるような動きで、春が一歩後ろへと下がった。

「私は……、私はさ……」

春が震える声を出す。

そして、今にも泣き出しそうな悲しい笑顔を向けると、

「《私は、いつでも全力でやってるよぉ……》」


青天国春が、光り輝いた。

信じられない……。あの春が、決して輝かない青天国春が輝くなんて……。

いったい、彼女はどれだけの苦痛に苛まれているんだ。いったい、彼女は何を……

「そんな笑顔、『本物』じゃない！」

再び、雪音が叫んだ。

「違うよ！　春は、違う！　私、知ってるんだよ！　『本物』の春は――」

「ダメなの!!」

雪音の叫びを、春の叫びが止めた。

「なんで!?　杏夏も理王も私も紅葉も成長したよ！　今なら春にだって……」

「ダメ……。ダメなの……」

震える唇を精一杯に動かし、春が言葉を紡ぐ。そして……

「やりすぎちゃうもん……」

その言葉と共に、レッスン場を後にしていった。

そうか……。そういうことだったんだね……。


「「「…………」」」

春が立ち去り、レッスン場が沈黙に包まれる。

雪音と紅葉が全てを犠牲にして挑んだことは、失敗してしまった……。

「あ……。あ……。あぁぁぁぁぁぁぁあああああああぁぁ!!」

雪音がその場に崩れ落ち、慟哭をあげる。

「すみません。私がもっと早く気が付けていれば……」

「杏夏たんと理王たんも知ってたんだね……」

「うにゅ……。勘違いだと思ってた。勘違いだって、言い聞かせてた。……ごめん」

理王が、雪音と紅葉へ謝罪を口にした。

こんな状況を目の当たりにしても、未だ信じられないのだろう。

あの春が、いつも前向きで明るい春がずっと本来の自分を隠していたということは。

「雪音、紅葉、戻ってこれないの？　私、みんなと一緒がいいよう……」

今にも消え入りそうな声で、理王がそう言った。

「私も戻りたい。理王たんと、他のみんなと一緒にいたい。でも――」

「も、紅葉だけは、戻してあげて……お願い……」

崩れ落ちる雪音が、そう伝えた。

「紅葉は、私に巻き込まれただけ……。紅葉は、何も悪くないから……」

「そんなのやだ！　私は、雪音たんと一緒に……」

「ありがとう。でも、もう十分に甘えさせてもらったよ……。紅葉は、すごい才能がある。紅葉なら、絶対に『TiNgS』の力になれる。だから、もう私といちゃダメ……」

「でも、でも……」

「叶えたい夢、あるんでしょ？」

「雪音たんだって、一緒！　雪音たんにも夢があるから……」

「私は、春のおかげで今でもアイドルでいられてるの。私は、春のおかげで夢を握りしめていられたの。お礼がしたい。春が苦しんでるなら、私が助けなきゃいけない。だから……」

春と雪音の間に、何があったかは知らない。

だけど、雪音にとって、それはとても大切な想いで、だからこそ……

「それができないなら、私はアイドルでいちゃいけないよ……」

自分自身の無力さに打ちひしがれているんだ。

「優希さん、ママ、ごめん……」

うつむいたまま漏れた、懺悔の言葉。今までの雪音からは信じられない、弱々しい姿。

その瞳は真っ暗に淀んでいて、希望の欠片も見当たらない。

「沢山、迷惑をかけてごめんなさい。ひどいことを言って、ごめんなさい。……ごめんなさい。

……ごめんなさい、ごめんなさい」

「「………」」

沈黙する、杏夏と理王。互いを見つめ合い、小さくうなずいた。

「……雪音」

杏夏が、雪音のそばへと優しく寄り添う。そして……


「せい！」


「いったぁ！」

頭部に思い切り、チョップをした。この子、何やってんの？

「何すんの！」

あ、ちょっと元気になった。

「チョップをしました」

「その理由を聞いてるの！」

ナイス判断。僕もその理由がとても知りたい。

「蚊帳の外に置かれるのは不愉快です」

「……あ」

「これは、貴女と春の物語ではありません。『TINGS』の物語です」

なるほどね……。いやはや、この問題の解決の糸口を見出すのは彼女達だと思っていたけど、まさかこんな手段を取るとは思わなかったな。

「勝手に抱え込んで、勝手に抜けられて、こちらとしてはいい迷惑です」

「……ごめん」

「ごめんなさい……」

「ふふーん！　ならば、理王様から天罰を下すわ！　杏夏、いいわね？」

「ええ。お任せします」

続いて、動いたのは傲慢な態度になった理王だ。

「雪音、紅葉！　あんた達は、二人で『TINGS』に戻って来てもらうわ！　あと、雪音！　あんたがアイドルをやめるなんて、ぜぇぇぇったいに許さないから!!」

「え？　えぇ⁉」「にょ⁉」

理王からの予想外の命令に、雪音と紅葉はそろって驚いた顔をした。

「だけど、私が戻っても……」

「そうね！　このままじゃ、春は絶対に本気を出さない！　だから……」

決して、本気を出さない青天国春。

本気を引き出すために、『TINGS』を脱退した『ゆきもじ』。

その手段は、間違えていたんだ。ライバルとして、杏夏と理王を成長させるまではいい。

だけど、最後の最後……青天国春の本気を引き出すためには……


「「ここからは、私達でやりますよ（やるわよ！）」」


全員が、一丸となる必要があるんだ。

「私達はこれまで、幾度となく青天国春に助けられてきました。ですから、今回は私達が彼女を助けに行きましょう。同じ『TINGS』の仲間として」

「ふふーん！　こんな大事なことを理王様抜きでできるわけないでしょ！　私達四人が揃えば、こんな問題楽勝よ！　なぜなら、私は理王様だから！」

「杏夏たん、理王たん……」

「私だけじゃない。私達で……」

「別に無理強いはしませんよ。諦めたければ、どうぞご自由に」

杏夏がわざとらしく、いじわるい笑みを雪音へと向けた。

二ヶ月前、杏夏も理王も自分に自信が持てなかった。自分の夢を失いかけていた。

だけど、今は違う。今の彼女達は……

「所詮、貴女達は『偽物』だったということです」

夢と信念を抱き、そこに突き進んでいるんだ。

「……ふざけたことを……言うな！」

「……いとおかし！」

杏夏と理王の言葉に触発されて、雪音と紅葉の瞳に先程までの淀みはない。

瞳に映るのは、燃え盛る闘志。そして、その想いのままに、

「借りを作ったまま夢を諦めるなど、言語道断！　私様は、借りは必ず返す主義だ！」

「私は、誰も一人にしない！　だから、春たんをこのままなんて、絶対しない！」

二人が叫んだ。

「一度や二度失敗したからと言って関係ない！　最後に成功すればこっちのものだ！」

「二度あることは三度ある！　つまり、次は成功する！」

紅葉さん、それを言うなら『三度目の正直』。

「決まりですね」

四人の少女がお互いを見つめ、強く首を縦に振る。

「杏夏。それで、どうする？　私様の策は失敗してしまったのだが……」

「ご安心を。解決の手段なら、すでに目途が立っています」

これは、驚いたな。

できる限り、彼女達のサポートをしようと思っていたんだけど、まさかその必要が――

「ナオさん、出番ですよ！」

「他人任せぇ⁉」

あったらしい。

あ、うん。もちろん協力するつもりではあったんだけどね。

何というか、こう、ちょっともどかしいと思うところもあるわけで……。

「ナオなら、こんなのちょちょいのちょい！　だから、どうすればいいか教えて！」

「この件は、君達に任せる予定だったんだけど？」

「最終段階の話ですね。ステージまでは、導いてもらわないと困ります」

「くす……。そうだね……」

思わず笑いが漏れてしまう。まったく、僕が何でもできると思わないでほしいよ。

こんなメチャクチャな我侭を言う子が、あの子以外にもいたなんてね。

でも、それでいい。それがいいんだ。

「アイドルの我侭に徹底的に振り回される。マネージャーの仕事さ」

最後は君達に託す。だけど、僕にもやるべきことがいくつか残っている。

青天国春。天賦の才を持つ、彼女の壁を突破させるために、

「なら、まずは一つ質問」

人差し指を立てて、僕は彼女達へ問いかけた。

「君達は、春がブライテストに所属するまで、何をしていたか知っているかい？」

「いえ、そこまで詳しくは……」

「なら、まずはそこから始めよう」

以前に優希さんから渡された『TiNgS』のプロフィールが載ったファイル。

そこで見た春のプロフィールには、一つとても興味深い経歴が記載されていた。

どうして、彼女ほどのアイドルにあんな経歴がついているか分からなかった。

「青天国春、彼女は……」

だけど、もう分かっている。雪音が春から引き出した言葉のおかげで……。

「以前まで、別のアイドルグループに所属していたんだ」

く2　ケイ

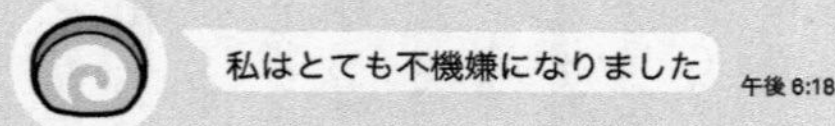

私はとても不機嫌になりました
午後6:18

せっぷく 午後6:23

ばーか 午後6:23

既読 午後7:37 ごめん。ちょっと立て込んでた。

私は立てこもりたい気持ちです 午後7:37

既読 午後7:38 機嫌を直してもらえると嬉しいな

よくする努力をすべきでしょう 午後7:38

既読 午後7:47 いい曲が書けたんだ

せっぷくめんじょ 午後7:47

Aa

SHINE POST
シャインポスト

Did you know? The most ordinary, natural, and unique magic
to make me an absolute idol

第五章
青天国春は《輝かない》

朝、私――青天国春は、すごく早い時間に登校していた。

眠れなかったから。不思議だよね、昨日から一睡もしてないのに全然眠くないんだ。

「…………」

誰もいない、空っぽの教室。私を包み込む靄が、また濃くなる。

一人でいたくなくて学校に来たのに、学校に来ても誰もいない。……どうして？

――春も戻ってよ！　本当の春に！

一人でいると、昨日の雪音ちゃんの言葉が頭に浮かび上がる。

目を閉じると、昨日の雪音ちゃんの悲しい顔がまぶたに映る。

なんで、こんなことになっちゃうの？　どうして、ここには誰もいないの？

お願い、早く誰か来てよ……。誰でもいい……。私を、独りにしないで……。

…………

……

「おはよ、春」

「誉ちゃん……」

三〇分後、登校してきた誉ちゃんがそばにきてくれた。

だけど、心は真っ暗なまま。誉ちゃんの顔がよく見えない。

「春、どうしたの?」

誉ちゃんの問いかけ。私の様子がいつもと違ったからだろう。

本当は隠さなくちゃいけないのに……。そんな力すら、私には残っていなかった。

「みんなに、バレちゃった……」

大きな事実を、小さく告げた。

「……っ! そう、なんだ……」

誉ちゃんはすごいなぁ。たったこれだけで、分かってくれるなんて。

やっぱり、ずっと一緒に過ごしてる幼馴染は……、幼馴染は伊達じゃないね……。

雪音ちゃんと紅葉ちゃんが『TINGS』を脱退した時、もしかしてって予感はあった。

だけど、私は一縷の望みにかけて、二人に確認しようとしなかった。

何か別の事情で脱退しただけ。ちゃんとお話すれば、きっと戻って来てくれる。

だけど、それは都合のいい願望。雪音ちゃんと紅葉ちゃんは、ずっと知っていた。

そして、二人は私に迷惑をかけないために……

「私のせいだった……。また、私のせいで……」

「……春」

もう二度とあんなことにしたくなかったのに……

「おはよ、春！　やばいよ、やばい！　あんた達の動画、激やばなことになってるじゃん！」

「一週間で四〇万とか、マジパないって！　ここまでいくとか、マジびびる！」

私と誉ちゃんのところに、クラスメートのミッちゃんとヒロちゃんがやってきた。

「別に、私はすごくないよ……」

私は、うつむいたままそう答えた。

アイドルはいつでも元気いっぱいじゃなきゃいけないのに。

応援してくれる人には、全力で応えないといけないのに……。

「へ？　春？」

ミッちゃんが、困惑した声を出した。

「ちょっと、誉。春、どうしちゃったの？」

「明らかにおかしくね？　いつもの春は……」

「少し、良くないことが起きちゃった」

三人が何か話している。だけど、その言葉が頭にまで届かない。

「あのさ、春……」

ミッちゃんが、少し遠慮がちに私に話しかけた。

「実はうちら、あの後、何回も動画見たんだ。……そしたら、ビックリしたよ！　リオ様はもちろんだけど、おキョンもめっちゃすごいじゃん！　春だけじゃない、三人が力を合わせたから、あんなにすごいライブになったんだね！」

　そっか……。ミッちゃんも、ヒロちゃんも、気づいてくれたんだね……。

「……ありがと。でも、私はすごくないから……」

　嬉しい。……でも、お願い。私を褒めないで。

「あ、え～っと……そ、そうだ！」

　ミッちゃんが、何かを閃いたかのように声を出した。

「こういう時は、同じアイドルに頼ろうっ！　うちの学校、もう一人アイドルがいるじゃん！　ほら、去年まで春と誉とすごく仲が良かった子！　確か、隣のクラスの――」

「やめて！」

「わっ！」

　絶対、ダメ。あの子にだけは、この話は知られちゃいけない。

　だって、あの子と私は……

「おっきな声出して、ごめん。でも、それはやめてほしいの……」

「ご、ごめん……」

　私は、悪い子だ。ミッちゃんは心配してくれてるだけなのに……。

「「…………」」

三人とも言葉を失っている。私がこんな態度だからだ。

本当は元気にならないといけないのに、本当は笑顔じゃなきゃいけないのに……。

「春の言うことは、あてにならない！」

大きな声。ヒロちゃんが、突然大きな声を出した。

「は？　ヒロ、あんた何を言ってんの？」

「春はいつも大げさなんだよ！　あんたが、すごくないわけがない！　でしょ、ミチ！」

「へ⁉　あ、あぁ……、そりゃ、そうだ！　春はいつも大げさだ！」

二人とも、ひどいなぁ。

「頑張れ、春！　あんたは、すごい！　……ほら、ミチと誉も！」

「え？　え？　私もぉ⁉」

「当たり前！　早く！」

「「頑張れ、春‼　頑張れ、春‼」」「頑張れ、春。頑張れ、春」

「ちょっと、ヒロ、ミチ。朝から、なにアホみたいにデカい声出してるん？　廊下まで、丸聞こえなんだけど……」

「うるさい、メグ！　っていうか、あんたもやりなさい！」

「え？　ええ……」

「「頑張れ、春‼　頑張れ、春‼　頑張れ、春‼」」「頑張れ、春。頑張れ、春。……頑張れ」

ミッちゃんと、ヒロちゃん、それに誉ちゃんが私を励ましてくれる。

だけど、私の心は靄に包まれたまま。……今に始まったことじゃない。

私は、ずっと前から真っ暗な靄に包まれているんだ。

何もかも失ったあの日から、ずっと……。


【tiNgs】


——青天国春　中学一年生　秋。

その日、私は二人のお友達と一緒に横浜国際総合競技場にやってきていた。

——春、誉！　早く行こう！　ほら、早く早く！

——蓮、落ち着いて。慌てない、慌てない。

——すごい人だねぇ～。急がないと、物販売り切れちゃうかも！

黒金蓮ちゃん、虎渡誉ちゃん。小学校の時からずっと仲良しの親友の二人だ。

——わっ！　ほんとだ！　くぅぅぅぅ!!　燃えてきたぁぁぁぁ!!

蓮ちゃんは、筋金入りのアイドル好き。普段学校で一緒にいる時は、どちらかというと元気なのが私で落ち着いているのが蓮ちゃんなのに、アイドルのライブが絡むと正反対になる。

——さすが、AYAと螢さんだよ！　ん～！　一つのライブで、AYAと螢さんが同時に観られるなんて、最高！　HA時代、最高！

螢さんとAYA。

他のトップアイドルがかわいそうになるくらい、実力と人気が突出した二人のアイドル。

あまりにも螢さんとAYAがすごすぎて、『HA時代』という呼称がつくほどだ。

——そうだね！　私もすっごい楽しみ！

——私も。今日はとってもウキウキ。

そんな二人が、初めて同じ会場にそろって対バン形式でライブをする。

これで盛り上がらないアイドルファンは、恐らくいないだろう。

私達三人も、どうしてもこのライブには来たくって、チケットの応募をしてから毎日必死にお祈りをしていた。結果は、私と誉ちゃんが落選。だけど、蓮ちゃんが当選した。

——行くよ、春、誉！　前哨戦の開幕だぁぁぁぁ!!

蓮ちゃんのおかげで、私達はこのライブに来ることができたんだ。


……

……


——よぉし！　物資調達完了！

蓮ちゃんが買ったのは、AYAのTシャツ、AYAのタオル、ペンライト、AYAのリストバンド、AYAの缶バッジ、AYAのトートバッグ。ため込んでいたお年玉とお小遣いを全部使うって前もって聞いていたけど、まさかここまで買うとは思わなかった。

私が買ったのは、螢（ほたる）さんのTシャツとペンライト。誉（ほまれ）ちゃんは、ペンライトだけ。

――むむっ！　そのグッズ……どうやら、春（はる）は敵対勢力のようだのぅ。

――ふっふっふ。今日は負けませぬぞ。

――二人とも、変。

誉（ほまれ）ちゃんが、ツッコミを一つ。三人で笑い合った。

――じゃあ、あとはライブ前の栄養補給。

――わっ！　さすが、誉（ほまれ）！　待ってましたぁ！

――ありがとう、誉（ほまれ）ちゃん！　やっぱり、これがないとね！

物販が終わった私達は、入場が開始するまでの間、空いていたベンチに腰を下ろした。

そこで、誉（ほまれ）ちゃんが準備してくれていたドーナツをそれぞれ一つ持つ。

そして、

――まん丸ドーナツ。

――みんなで食べて、

――丸くなる！

私達はいつもの合言葉を言った後、ドーナツにかじりついた。

遂に、螢さんとAYAのライブが始まった。

初めにステージに現れたのは、AYA。一切の笑顔を見せないクールな登場。

そのまま、キレのあるかっこいいダンスと共に力強い歌声を披露した。

——AYA、さいこぉぉぉぉ!!　AYA！　AYAぁぁぁ！

蓮ちゃんが、片手にペンライトを握りしめて叫ぶ。

物販でも分かる通り、蓮ちゃんの最推しアイドルはAYAだ。

だけど、それは決して螢さんに興味がないというわけではなく……

——螢さんだ！　本当に螢さんが出てきた！　わぁぁぁぁぁ！　ステージの上に、螢さんとAYAが一緒にいる！　すごい！　歴史的瞬間だよ！

あくまでも、一番好きなのがAYAというだけであって、螢さんのことも大好きなんだ。

この空気の中で歌うのは、螢さんでも大変だろうな。

ハイレベルなパフォーマンスで、ステージは完全にAYAの空気になっている。

この空気を変えるのは……

——さぁ、輝こう！

いらない心配だったね。

たった一声。叫び声一つで、会場は螢さんの空気に変わっちゃったよ。

やっぱり、螢さんはすごいなぁ……。

――おそいよ、螢！　じゃあ、ここからは一緒に盛り上げていこうかっ！

――当然なのです。もっともっと、輝かせないとダメなのです。

ステージに立つ、螢さんとＡＹＡがお互いを笑顔で見つめる。

テレビで二人が揃ったことは何度かあるけど、こうしてライブで揃うというのは感慨深いものがあるのだろう。隣にいる蓮ちゃんが、今にも泣きだしそうな顔になっている。

――きてよかったぁ～！　本当にぎでよがっだよぉ～！

いや、泣いた。

――蓮、タオルの使い方がちょっと違う。

――だってぇ～。だってぇぇぇぇ！

それから先、ライブに盛り上がらない時間なんて一秒もなかった。

時にはソロ、時にはデュエット。螢さんとＡＹＡ。

『ＨＡ時代』を象徴する二人のパフォーマンスは、全ての人をどこまでも高揚させる。

まだライブは中盤にもかかわらず、この場にいる誰もが確信していた。

これは、伝説のライブになるだろうと。

――ねぇ、螢。ちょっとやってみたいことがあるんだけど、いいかな？

デュエット曲が終わった後、ＡＹＡが不敵な笑みを浮かべた。

――やってみるとは、なんぞ？

――勝負しようよ、三本勝負！　ダンス、歌、総合力でそれぞれパフォーマンスをしてさ、どっちがよかったかをみんなに決めてもらうの！　面白そうじゃない？

――え？

唐突な提案に少し困惑する螢さんだったけど、観客達は大盛り上がり。

螢さんとAYA。どちらが上かという議論は、これまでSNSなんかで何度もされてきたけど、こうして本人達が言葉にするのは初めてのことだ。

――別にやらなくていいのです。私は、AYAとみんなとライブができればいいのです。

――そんなこと言わないでさ！　折角の対バンなんだし！

――対バンは、そういう意味じゃないのです。

螢さんの言う通り、対バンとは別に『対決』をするわけではない。

ただ、同じ会場で一緒にライブをするだけ。お互いのファンを呼べるというメリットがある反面、自分のファンを奪われる危険性というデメリットはあるけど、それは裏側の話。

表立って、そんなことを話すアイドルはいないし、直接的な勝負なんて滅多に行われない。

――細かいこと、言いっこなし！　みんなも見たいよね⁉　私達の三本勝負！

――いぇぇぇぇぇぇぇい‼

AYAの問いかけに、会場のみんな（特に蓮ちゃん）が大きな歓声を飛ばす。

——むぅ……。これは、困ったちゃん……。

拒否の姿勢を見せた螢さんだけど、ここはＡＹＡの戦略勝ちだ。

——いいよ。やろうか、ＡＹＡ。

——そうこなくっちゃ！

渋々という様子が見えたけど、螢さんはＡＹＡの申し出を受けた。

こうして、後に『ＨＡ三本勝負』と言われる、螢さんとＡＹＡの勝負が始まった。

——すごい！　新しい伝説の始まりじゃん！　ねぇ、春。どっちが勝つと思う？

——私は……

螢さんが勝つよ——その言葉を、私は咄嗟に飲み込んだ。

ずっと……、今までずっと、思っていた。

ＨＡ時代なんて言われているけど、実際にアイドルとして上なのは螢さんだ。

明確な理由は分からない。シンプルな実力で考えると、むしろ勝っているのはＡＹＡだ。

だけど、実力以外の決定的な差が二人にはある。

そんなあやふやな私の予感を証明するのが、二人のライブのスタイル。

ＡＹＡのライブは、みんながＡＹＡに夢中になる。ＡＹＡが大好きになる。

ＡＹＡは、みんなの先頭に立って、みんなを引っ張っていく。

だけど、螢さんは違う。

螢さんのライブを観ていると、まるで自分も螢さんになったかのような、不思議な気持ちがどんどん溢れてくる。それが、どこまでも私を高揚させてくれる。

螢さんは、みんなの先頭に立たない。

背筋を真っ直ぐ伸ばして、みんなの中心に立って、みんなをまとめ上げてくれる。

究極の一体感。それを実現するのが、螢さんだ。

なんで、あんなことができるのだろう？　なんで、あんなに背筋が真っ直ぐなんだろう？

何万人もの人の気持ちを受け止めても、倒れないでいられるなんて普通じゃない。

まるで、螢さんの後ろには誰か別の人がいて、彼女を支えているようにも見える。

でも、その正体が……螢さんのつっかえ棒の秘密が、私には分からない。

——あ～！　楽しかった！　みんな、付き合ってくれてありがとう！

三本勝負を終えた後、熱気を発した笑顔でAYAがそう告げる。

どっちが勝ちで、どっちが負けなんてことは、螢さんもAYAも、来ている観客の人達も誰も言わない。……だけど、横浜国際総合競技場を包み込むように光るペンライトの色は、ほとんどが白……それは、螢さんのイメージカラー。

螢さんは、きっとこれを避けたかったのだろう。

どっちが勝っても、ライブの中に悲しみが生まれてしまうから……。

——う、うぅ……！　AYA、最高だったよぉ！

白い光に包まれた横浜国際総合競技場で、赤い光を灯したペンライトを懸命に振って、必死に叫ぶ蓮ちゃん。そんな蓮ちゃんの手を、私は強く握りしめる。

AYAも好き。螢さんも好き。でも、一番大好きなのは蓮ちゃんと誉ちゃん。

蓮ちゃんの心がこれ以上傷まないように、私は強く強く彼女の手を握りしめ続けた。

——春、かばんは？

——え？　あっ！　あぁぁぁぁ!!

横浜国際総合競技場から出たところで、誉ちゃんの言葉に私は大慌て。

会場の中に、鞄を忘れてしまった。あの中には、お財布とか大事なものがいっぱい入ってる。

急いで取りに戻らないといけない。

——ごめん、誉ちゃん、蓮ちゃん！　私、行ってくる！

係員さんに頭を下げて、私は横浜国際総合競技場の中に再び足を踏み入れた。

会場ではすでに撤去作業が行われていて、さっきまでの熱狂が嘘のような、静かで無機質な空気が流れていた。

——うぅ～。どこにもないよぅ……。

忘れ物コーナーにもない。自分の席の周りを探しても見つからない。

「探し物は、これですか？」

その声が聞こえた瞬間、私の世界が光り輝いた。

聞こえてきたのは、背後から。なにこれ？　なんで、こんな感覚が……

「探し物は、これですか？」

再び、同じ声。四つん這いになっていた私の顔の横に現れたのは、探し求めていた物。

「あぁぁぁ！　私のかばん！」

大慌てでかばんを受け取って立ち上がる。これで、ひと安心。

じゃあ、蓮ちゃんと誉ちゃんの所に……って、その前にちゃんとお礼を言わないと！

「あの、見つけてくれてありが……っ！」

私は、お礼を最後まで言えなかった。

「な、な、な……」

どうして、私がこんな不思議な感覚に包まれたか理解できた。

この人が、声をかけてくれたからだ。

目の前で、可愛らしい笑顔を浮かべる女の子。その人は……

「ナイスリアクション」

螢さんだ。

「えと、えと、えと……」

頭が混乱して、何を話せばいいか分からない。むしろ、私なんかが話していいの？
とにかく、頭の中がゴチャゴチャになって、何も分からない。

「あの、ありがとうございました！」

ひとまず、お礼をちゃんと伝えよう。そう思って、私は頭を深く下げた。

「こちらこそ、ありがとうございます」

「こちらこそ？」

「素敵な女の子と出会わせてくれたかばんちゃんに、お礼を言いました」

目の前にいる螢さんは、ステージの螢さんと何も変わらなくて、この人はどんな時でもアイドルなんだなって、一人で納得してしまった。

「ケ……螢、そろそろいいかな？　早く関係者に挨拶に行かないと」

螢さんの背後から声。きっと、螢さんのマネージャーだ。

「ありゃ、お呼ばれされちゃいました。じゃあ、また会お――」

「あっ！　待って！　一つだけ、教えて下さい！」

「おやや？　もしかして、ワクワクの展開？」

もしも螢さんに会えたら、どうしても教えてほしかったこと。

それが、咄嗟に頭に浮かび、そのまま声になっていた。

「どうして螢さんは、いつも背筋が真っ直ぐなんですか？」

「……っ！　これは、ドキドキの展開。まさか、それに気づくとは……」

私の質問は、螢さんにとって驚きだったようで、目を丸くしている。

「金のたまごちゃんだね」

金のたまご？　なんの話だろう？

「私は、二つのつっかえ棒を持っているのです」

螢さんが、可愛らしいVサインを披露した。

「一つが、マネージャー。いつも後ろから、私をがっしり支えてくれています」

そっか……。螢さんは、一人で螢さんになったんじゃないんだ……。

少しだけ、螢さんの人間味が感じられたのが嬉しかった。

「もう一つが、叶えたい夢があるから」

「どんな夢ですか？」

すぐさま、私はその質問をした。螢さんは、アイドルとして欲しいものを全て手に入れているると言っても過言ではない。そんな螢さんに、叶えたい夢があるなんて……

「世界中のみんなにアイドルを好きになってほしい。アイドルのことをいっぱいいっぱい知ってほしい。そのための輝く道標」

「輝く、道標？」

「シャインポスト」

螢さんが、幸せそうな笑顔でそう言った。


【tiNgs】


横浜国際総合競技場のライブが終わって一ヶ月後、蓮ちゃんにとって悲しい出来事が起きた。

AYAが、引退を発表してしまったのだ。

当時の蓮ちゃんは本当に落ち込んでいて、私と誉ちゃんは毎日蓮ちゃんのそばにいた。

だけど、そこから更に一ヶ月後……

「春、誉！　私と一緒に、アイドルになろう！」

落ち込んでいたはずの蓮ちゃんが突拍子もなく、そんなことを言い出した。

「AYAが引退しちゃって、今のアイドル業界は、完全に螢さんの独走状態！　でも、そんなのつまらない！　だから、私達が螢さんに並ぶ！　ううん、越えてみせよう！」

元気になったのは、目標を見つけたからだったんだ。ちょっと大きすぎる目標だけど。

「目指せ！『絶対アイドル』越えだよ！」

『絶対アイドル』

あの横浜国際総合競技場のライブ以降、螢さんについた新しい呼称だ。

「でも、どうやってアイドルになるの？」

「じゃじゃーん！　こちらをご覧あれ！」

蓮ちゃんが上機嫌に見せたのは、スマートフォンの画面。

そこには、『次世代アイドルオーディション』と書かれた画面が表示されていた。

「実は、今度オーディションを受けるんだけど、一人だとちょっと怖くて……、こっそり春と誉の分も応募しちゃったんだ！　だから、一緒にやれたらなぁ～って……」

最初は元気に、最後はねだるような声。蓮ちゃんが、私達にお願い事をする時の声色だ。

「やらない。私は、見て楽しむ派」

誉ちゃんが、容赦なく拒否の姿勢を見せた。

「三人で一緒にやったら、絶対に楽しいよ！　だからさ……」

「やらない。そもそも、三人で合格するなんて非現実的」

「そんなぁ～！」

蓮ちゃんが、がっくりと肩を落とす。だけど、まだ完全には諦めてないようで……

「春は、どうかな？」

ターゲットを私に定めて、そう聞いてきた。

「う～ん……。私は……」

『シャインポスト』

あの時の螢さんの言葉が、頭をよぎった。

シャインポスト。世界中の人がアイドルを大好きになる輝く道標。

もしも、そんなことが実現できたら、なんて素敵なんだろう。

できることなら、私もその夢を叶えてみたい。

でも、螢さんですら叶えられていない夢を、私が一人で叶えられるとは思えない。

蓮ちゃんと一緒なら？

がむしゃらな蓮ちゃんと一緒なら、大好きな蓮ちゃんと一緒なら……

「いいよ！　蓮ちゃん、一緒に受けよっ！」

「わぁぁぁ!!　ありがとう、春！」

「頑張ろうね、蓮ちゃん！　一緒に、シャインポストになろうね！」

「シャ、シャインポス……なにそれ？」

螢さん。私、螢さんと同じ夢を追いかけるよ！

私も、世界中のみんなにアイドルを好きになってほしいもん！

みんながみんなの大好きなアイドルを『大好き』って言えるキラキラの世界。

そこに辿り着くための輝く道標。

シャインポストに、私はみんなと一緒になる！


【ｔｉＮｇｓ】


蓮ちゃんの思い付きでオーディションを受けてから、三ヶ月。

私達二人は、最終選考まで残ることができた。あとは、結果発表を待つだけ。

それが、いつかという話だけど……今日だ。

「………………」

私と蓮ちゃんは、二人ですごくドキドキしながら連絡を待っていた。

そして、スマートフォンが振動。そこに届いていたメッセージを確認した後、

「蓮ちゃん（春）、どうだった⁉」

お互いの言葉が、お互いの結果を示していた。

元気よく自分ではなく、相手の結果を確認する。それはつまり……

「「合格‼」」

私と蓮ちゃんは、お友達であると同時に、同じグループの仲間になった。

「うぅ〜！　顔合わせ、緊張するねぇ〜！　蓮ちゃんは平気？」

今日は、他のメンバーと顔合わせ。

私はすごく緊張しながら、蓮ちゃんと一緒に芸能事務所へと足を踏み入れた。

「緊張してるにきまってるじゃん！　……っていうか、春。一つ聞いてもいい？」

「どしたの？」

「その格好、なに？」

蓮ちゃんがちょっと変わった格好の私を見て、そう言った。

度の入っていない眼鏡をかけ、髪型を三つ編みにする。前時代的な格好だ。

オーディションに合格して、アイドルになった私は普段の格好を変えることにしたの。

アイドルの時の自分とプライベートの時の自分を、切り分けるため。

「ふっふっふ！　アイドルらしさを追求した結果だよっ！」

「ふふっ。ちょっと気が早くない」

「いいの！　私は、アイドルなんだから！」

まだデビューどころか、顔合わせすら始まっていない。それでも、私はアイドルだ。

だから、意識してできることは全部やる。やれることは、無駄に終わってもやらないとね！

「いこっ、蓮ちゃん！　キラキラの夢を叶えに！」

「うん！」

…………

……

「あら？　やっぱり、貴女達も合格していたのね。……唐林青葉よ、よろしくね」

「イトも合格！　イト、からばやしいとは！　一生懸命頑張る！」

「こりゃ、大層面白そうな連中だ！　苗川柔だよ！　これから、よろしくねぇ～ん！」

メンバーは、私達も含めて全部で五人。みんなすごく個性的で、素敵な女の子達ばかり。

出会った瞬間に思った。この子達と一緒なら、シャインポストになれる。

一緒に夢を叶えられるって。

「黒金蓮！　目標は『絶対アイドル』越え！　よろしくお願いします！」

「青天国春！　みんなで一緒に、シャインポストになろうね！」

こうして、私のアイドルとしての新しい日常が始まった。

【ｔｉＮｇｓ】

――グループ結成、一ヶ月。

私達のデビュー予定は一年後。グループによっては、結成して三ヶ月もすればデビューする場合もあるらしいんだけど、私達の場合、最初の半年は、レッスンだけ。

次の半年は、練習生公演とレッスン。だから、当面の目標は練習生公演だ。

「よしっ！　こりゃ、大層上手くいったよ！　ただ、もうちょいアレンジを……」

「ちょっと、柔！　一人で変なことしないでよ！　グループのバランスが崩れるでしょ！」

レッスン中、一人でアドリブを加えた柔ちゃんに蓮ちゃんの雷が落ちる。

「大丈夫だって！　私が勝手にやっても、あんたらが何とかしてくれるだろい？」

「負担が激増するの！　こんなに体力を使ったら、最後までもたない！　とにかく、柔は変なアドリブは禁止！　分かった⁉」

「へいへ～い。まったく、リィ～ダァ～はおかたいねぇ～。なぁ、春？」

「あ～、あはは……。ま、まぁ、そこは人それぞれと言うことで！」

「柔、困ったからと言って春に甘えるのはダメよ」

「わかったよぉ～。あお姉も蓮も頭がかたいよなぁ～、イト？」

「あお姉のいうことはぜったい！　だって、イトのたった一人のお姉ちゃんだもん！」

「さいでっか……」

リーダー。

特に誰かが決めたわけじゃないけど、グループのリーダーは自然と蓮ちゃんになっていた。

レッスン中、こうして言い合うことは日常茶飯事。だけど、決して仲が悪いわけじゃない。

「あ、そうだ。今日のレッスンが終わったら、みんなで、ご飯行かない？　実は行ってみたいお店があるんだ」

「新しくできたイタリアンのお店かしら？」

「うん！　パスタがすごく美味しいって有名なんだって！」

「素敵な提案ね。乗らせてもらうわ」

「イトも！　イト、パスタ食べたい！」

「わったしも～！　色んなの頼んで、みんなで交換しよっ！」

「ふふっ。なら、決まり！　柔も来るでしょ？」

「そりゃ、大層当然さ！　運動の後は炭水化物にかぎるからねぇ～」

「もう少し、味に興味を持ってよね……」

よ～し！　今日はレッスンが終わったら、みんなでパスタだ！

それで、その後は……


――グループ結成、二ヶ月。

最初の一ヶ月で、基礎はそれなりに身に付いた。だけど、まだまだ私達は個性が薄い。

レッスンで身に付けられるのは、技術面のパフォーマンスが多い。だけど、技術だけで生き残れるほど、アイドルは甘い世界ではない。必要になってくるのは、グループの個性。

そのアイドルだけが、そのグループだけができるパフォーマンスだ。

それを手に入れるためには……

「蓮ちゃんは、歌もダンスもバランスよくできてるけど、上手くやることに集中してて個性が発揮できてない。柔ちゃんは、逆に個性を出しすぎてる。これだと、グループの統一感がなくなっちゃう。あお姉と絃葉ちゃんは、ダンスはすっごく上手……でも、ダンスに自信がある分、代わり映えが少ない。会場によって、観る席によって、演出によって、同じ曲でも観てる人には全然違うものに映る。そこもちゃんと考えないと……」

レッスン以外の時間、私は自分達の課題を模索することに専念した。

録画していた自分達のレッスン映像の確認。そして、他のアイドルの研究。

「『FFF』のパフォーマンスは、面白いなぁ。三人同時に目立つんじゃなくて、一人が目立つ時、二人は影をひそめる。三人が揃って目立つのはサビの時だけ。だけど、だからこそサビに本来以上の価値を創り出す。『ゆらゆらシスターズ』は真逆だね。常に二人で最高のパフォーマンス。二人の一体感を来てくれた人達に楽しんでもらってる。なら、私達は……」

立ち上がり、お小遣いをはたいて買った、姿見の前に立つ。

「『FFF』を意識してみて……うん。こんなのはどうかな？」

一人で、レッスン。

「う～ん、ダメだ。『FFF（フライ）』は三人だから成立してるけど、私達は五人。一人だけが目立っちゃうと、逆に浮いちゃう。……他のをやってみよ！　次は『ゆらゆらシスターズ』！」

一人で、レッスン。

「これもダメ！　五人で同時に目立つタイミングは、ちゃんと見定めないと！　……次！」

一人で、レッスン。

「あっ！　これ、すごくいいかも！　明日、みんなに提案して……って、あぁぁぁぁ!!」

気が付けば、時計は五時を回っていた。

「うぅ～。また寝不足だよぉ～」

だけど、全然苦しくない。夢を叶（かな）えるためだもん！　このくらい、へっちゃら！

「ねぇねぇ、みんな！　この曲の振り付けだけどさ、こういうのやってみない!?」

翌日（正確には日は回ってないけど）、私は考えたパフォーマンスをみんなに伝えた。

「すごい、春（はる）！　なんで、そんなの思いついちゃうの!?　私、大賛成！」

笑顔で受け入れてくれる蓮（れん）ちゃん。やったね！　頑張った甲斐（かい）があったよ！

「確かに面白いわね。……ええ、是非取り入れましょう」

「うん！　イトもやりたい！　それ、面白そう！」

「おっ！　いいねぇ！　じゃあ、隠し味で私の考えてきた大層なパフォーマンスも――」

「「柔（やわら）のは却下」」

「理不尽だよ！」

みんなで頑張る毎日は本当に楽しい。自分とみんなの成長を感じられるから。

ふふふ。練習生公演で、来てくれた人達をびっくりさせてやるんだから！

——グループ結成、三ヶ月。

「みんな、お待たせ。私特製、スペシャル健康ジュースだよ！」

あるレッスンの日、蓮ちゃんが自信満々の笑顔で、私達に飲み物を差し出してきた。

「あ、あら……。人数分、あるのね……」

「こりゃ、大層まいったね……」

「……イト、のみたくない」

「あちゃぁ～……」

私達四人はそろって苦い顔。知っているからだ。

蓮ちゃんの作ってくるジュースは、毎回とんでもない味だということを。

「だ、大丈夫だよ！　前はちょっと失敗しちゃったけど、今回は美味しいから！」

「ぜったい、うそ。前の飲んだ時、あお姉、たおれたもん」

「凄まじかったわ。一瞬で記憶は飛んだのに、味だけは舌にこびりつくのですもの」

「あお姉もイトも心配しすぎだって！　まぁ、とりあえず飲んでみて！　ほら、イト！」

「なんで、イト!?　イト、飲みたくない！　絶対、飲ま……にょっ！」

「そうは言わず、はい！　グイッと！」

「……きゅう」

かわいそうな、紘葉ちゃん……。ありがとう、犠牲になってくれて……。

…………

……


さぁ、いつもの夜の日課の時間だ。

スマートフォンで、今日のレッスンの映像を念入りに確認する。

「前と比べて、大分みんなの個性が出てきたよね。だけど、まだちゃんと統一されてはない。みんなが、個性を出すタイミングが少しずれてるからだ。それを調整するためには……」

再び、私は姿見の前に立つ。

「違う！　柔ちゃんと同じことをしたら、ダメ！　もっと別のアプローチを……」

一人で、レッスン。

「今度はバラバラ！　これじゃ、来てくれた人がどっちを観ていいか分からなくなっちゃう！　どうすれば、二つを一つに……うぅ〜！　分からないよぉ〜！」

一人で、レッスン。

「……そうだ！　みんなに個性を出してもらいながら、私がそれに合わせていけば……よし！

やってみよう！　えっと時間は……わっ！　もう四時！　うぅ～……もう一時間！」

一人で、レッスン。

「これだ！　うん！　間違いない！　これが、私達の本当の形だよ！」

私達は、着実に夢に向かって進めていた……はずだった……。


――グループ結成、四ヶ月。

みんなと過ごす楽しい毎日。今日も五人でレッスン。

「やったぁぁぁぁぁ!!　できた！　ちゃんと、できたよ！」

レッスン場で、私は大はしゃぎ。

初めて、私達五人の個性を出しきったパフォーマンスができたからだ。

「よぉ～し！　じゃあ、次の曲も……」

でも、少しずつ何かがおかしくなっていた。

「はぁ……、はぁ……。春、ちょっと待って……」

「え？」

私を、蓮ちゃんが止めた。

「少し、休憩しよ。もう、みんな結構……」

「……あ」

「ハァ……、ハァ……。ごめんなさい、春……」

「イト、無理そう……」

周りを見ると、蓮ちゃんと青葉ちゃん、それに絃葉ちゃんがかなり消耗していた。

「体力的にみんなきつそうだし、ちょいと休憩だねん」

「そ、そうだね！　うん！　そうしよう！」

徐々に表れてきた違い。みんながみんな、同じ人間じゃないから当然だ。

「ごめんね、春。足を引っ張っちゃって……」

「そんなことないよ！　もう、全然！　気にしないで、蓮ちゃん！」

「……ありがとう」

私の心の光が、少しだけ薄暗くなった。

…………

……

「私って……」

姿見の前に立ち、自分の姿を眺める。ここ最近、私の中に芽生えた予感。

みんなと私の違い。もしかしたら、私は……

「ううん！　そんなわけないよ！」

首を大きく横に振り、自分に言い聞かせる。そんなわけがない。そんなはずがない。

「それより、頑張らないと！　今日のレッスン、私がすごく目立っちゃってた！　グループなんだから、一人で目立つのはダメ！　だから、私がみんなのレベルに合わせて……」

一瞬、言葉が止まる。

「みんなと、シャインポストになれる、よね？」

――グループ結成、五ヶ月。

来月から、いよいよ私達は練習生公演に出演する。

今までのレッスンも大変だったけど、ここからはもっと大変だ。

――ねぇねぇ、来月の公演だけどさ、私、うんと盛り上げたいの！　だから、もう少しみんなでアレンジを入れてみようよ！　ほら、こういうのとか！

できる限り明るい笑顔を心掛け、メンバーに対してパフォーマンスの相談をする。

だけど、私の心は薄暗い靄に包まれていた。

キラキラに輝いていたはずの世界も、今では淀んでいる。

――そう、だね……。春の案に賛成だよ……。

——ええ。さすが、春ね……。

——うん。イトも、同じ……。

——こりゃ、大層驚いた！　私は大賛成だぜぃ！

浮かない表情を浮かべる、メンバー達。

柔ちゃんは、あんまり気にしてないけど、他の三人の表情は暗く沈んでしまっている。

……やっぱり、春はすごいね……。

蓮ちゃんの歪んだ笑顔。私の心を包む靄が、また濃くなった。

もう、目を背けていられない。勘違いだと言い聞かせられる状況じゃない。

私は、やりすぎちゃった。一人で、走りすぎちゃった。

教わったことに、教わった以上の結果を出す。みんなにとって難しいことでも、私にとってはとても簡単なことで、グループではセンターを任される。

センター、グループの象徴。だけど、私とみんなの距離はとても離れていた。

——でしょ～？　じゃあ、一度みんなでやってみよ！

払っても払っても、まとわりつく靄。無理矢理作った笑顔。全部がグチャグチャ。

だけど、みんなと離れたくない。みんなと一緒に頑張りたい。

そう考えた私は、自分のレベルを下げることにした。……それも、かなり。

——春がそう言うなら、間違いないよ。

アイドルは、笑顔を届けなくちゃいけない。だから、常に笑顔でいなくちゃいけないのに、
私がみんなの笑顔を奪っている。………私、何やってんだろ？

私は、蓮ちゃんと、みんなと一緒にシャインポストになりたくて、アイドルになった。

なのに、今の私はみんなの笑顔を真っ暗にして、自分自身も真っ暗になっている。

どうして、こんなことになっちゃったの？

――ありがとっ！　これからも、一緒に頑張ろうね！

必死に組み立てた、ハリボテの言葉。

靄に包まれて真っ暗になった私に、唯一残された光……シャインポスト。

その輝きが少しでも残っているなら、私はそこに向かって走らなきゃいけない。

蓮ちゃんと約束した。一緒に夢を叶えようって。だから、諦めちゃダメ。

私は、蓮ちゃんと螢さんとみんなと一緒に、シャインポストになるんだ！

――よ～し！　今日も頑張るよ！

自宅に帰った私は、念入りに自分達のレッスン映像、他のアイドルのライブ映像を観る。

練習生公演まで、もう時間はないんだ。

――うん！　このくらいかな？

独りで、レッスン。

――ちょっとやりすぎかな？　もう少し、みんなに合わせて……

独りで、レッスン。

――大丈夫！　このくらいで、練習生公演なら十分上手くいくはず！

独りで、レッスン。

――……私、いていいのかな？

気が付けば、私は独りになっていた。

そして、私は全てを失う。

きっかけは、偶然だった。たまたま、その日は私に用事があって、いつもは一緒に行っている蓮ちゃんと、別々に事務所へ行くことになった。

蓮ちゃんと一緒にいられない寂しさを埋めるため、少しでも早く行こうとしたのがよくなかった。だって、見ちゃったんだもん。……更衣室で、一人で泣いてる蓮ちゃんを。

――アイドルになりたいよぅ……。うっ！　うぅぅぅぅ!!

なんで？　なんで蓮ちゃんが泣いてるの？　なんで蓮ちゃんが苦しんでいるの？

分かってる。全部、私のせいだ。私が、こんな余計なものを持ってるから……っ！

――私のせいで、春が我慢してる。私がダメだから、私のせいで春が……

違うよ。蓮ちゃんのせいじゃない。蓮ちゃんが悪いんじゃない。

悪いのは、全部私。私が、こんな余計なものを持っているのがいけないの。

――春になりたいよぅ……。春みたいな、アイドルになりたいよぅ……。

ならなくていい……。ならなくていいんだよ……。蓮ちゃんは、蓮ちゃんでいればいい。

ずっと、今までずっと見てきたもん。普段は大人しいのに、いざという時は誰よりも熱い気持ちで立ち向かう蓮ちゃんの強さを。そんな蓮ちゃんが、私は大好きなの。

だから、蓮ちゃんは私にならなくていい。……ううん、なっちゃダメ。

こんな……大切な仲間を泣かしちゃうアイドルになんて、なっちゃダメなの……。

──見えなくなっちゃった……。

小さく漏れた私の声。真っ暗な靄に包まれすぎて、私も私の心が分からない。

でも、一つだけ分かることがある。

私は、蓮ちゃんを、他のメンバーを守らなくちゃいけない。

これ以上、みんなを傷つけたくない。……私なんてどうなってもいい。

私の夢よりも大切な物を守るために、私は……

──やめさせて下さい。

アイドルをやめることにした。……ううん、私は最初からアイドルじゃなかったんだ。

アイドルは、みんなに笑顔を届ける存在。笑顔を奪う存在が、アイドルであるわけがない。

マネージャーさんは、必死に私を引き止めてくれた。

大きな目標と強い意志を持った、優しい人。私とメンバーの間に生まれた溝を何とか埋めようと必死に頑張ってくれていたことも、もちろん知っている。

——もう、無理です……。

三時間にも及ぶ話し合いの後、マネージャーさんは私の気持ちを受け入れてくれた。

期待してくれたのに、ごめんなさい。まだ一度もライブもしてないのに、ごめんなさい。

言葉にはしない。グループを壊して、何もかもを滅茶苦茶にしたのは私だ。

こんな私が、許しを乞うのは間違えている。

——失礼します。

会議室を去る私が、最後に見たのはマネージャーさんの悲しい表情。

また一つ、笑顔を奪ってしまった。靄がどこまでも大きくなっていく。

更衣室で荷物をまとめる。目に入ったのはレッスン着。

——今日まで、楽しかったなぁ……。

蓮ちゃんと一緒に、ワクワクしながら迎えた初めての顔合わせ。自由奔放な柔ちゃんに、みんなで振り回されるレッスン。あお姉はいつも優しくて、絃葉ちゃんは元気いっぱい。

このレッスン着は、みんなとの思い出が沢山詰まった私の宝物。

私の総てをロッカーに入れたまま、私は事務所をあとにした。

——春、待ってよ！

蓮ちゃんの声。

事務所を出たところで振り返ると、そこには血相を変えた蓮ちゃんが立っていた。

——やめないでよ、春！　一緒にいようよ！　私、頑張るから！　もっと頑張るから！

本当？　本当にいいの？　私、アイドルでいていいの？

——約束したじゃん！　一緒にシャインポストになろうって！

ダメ……。甘えちゃダメ。私は、蓮ちゃんと一緒にいたらダメ。

——大丈夫だよ、蓮ちゃん！　蓮ちゃんは、私がいなくても頑張れるから！

靄がどんどん濃くなっていく。目の前の蓮ちゃんの顔がよく見えない。

——え？　……は、春？

——元々私は蓮ちゃんに付き合っただけだし、気にしなくていいよ！　私がいなくても、他のみんなが一緒にいれば大丈夫！　でも、私は逆なんだ！

——逆？　どういう、こと？

——私は、みんなと一緒だと大丈夫じゃない。

私が一緒だと、みんなが傷ついちゃうから……。

——…………っ！

こうして、私は失った。アイドルとしての居場所も、親友の蓮ちゃんも。

残されたのは、アイドルになるからって買った、度の入っていない眼鏡だけ。

もうアイドルじゃなくなった私にはいらない物なのに、どうしてもこれだけは捨てられなかった。……なんでだろうね？　……別に、使う必要はないのにさ。

——みんなとライブ、したかったなぁ……

空は快晴。太陽がキラキラに輝いている。だけど、私の心は……

——あ、あ、あ。あぁぁぁぁぁあああぁぁ!!

みんなと一緒にライブをしたかった。みんなと一緒にアイドルになりたかった。

みんなと一緒に、シャインポストになりたかったよぅ……。

【ｔｉＮｇｓ】

願望の残りカスを靄の中に押し込んで、私は以前の日常に戻った。

あの日以来、蓮ちゃんとは一度もお話をしていない。誉ちゃんにも迷惑かけちゃってる。

私と蓮ちゃん。どっちとも、仲良くしてくれてるんだもん。きっと、大変だよね。

——いつか、仲直りできるよ。

本当に？　そんな日が来るといいなぁ。また、あの日みたいになれるといいなぁ……。

他人任せの願望を抱きながら過ごす、平穏で退屈な毎日。

機械のような日常が、三ヶ月程経過した時だ。

——君の輝きは、くすぶらせるにはもったいないよ。

優希さんが、私の目の前に現れたのは。

言葉の意味は、よく分からなかった。……でも、どうしてかな？

優希さんは、霧に包まれた私の心を摑んで離さない、不思議な人だった。

そんな人が、言った。「うちの事務所に来てほしい」と。

もちろん、断った。

私は、アイドルじゃない。アイドルになっちゃいけない。だから、他の子を……

——その姿が、君がアイドルであることを示しているじゃないか。

自分でも気づいていなかった核心を突かれた。

私はアイドルじゃない。レッスンだけ積んで、ライブもCDデビューも経験していない半端者のくせに、プライベートの姿を偽っている。……アイドルになりたいからだ……。

——君の輝きは、全てを照らすことができる。

私は、優希さんの誘いに乗って、『ブライテスト』に所属することにした。

一つだけ、お願いを聞いてもらう形で。

——アイドルのふりをさせて。

こうして、私は『TINGS』のメンバーになった。

出会えた仲間達は、本当に素敵な才能に溢れている子ばかり。だからこそ、私は決意した。

あの時と同じ失敗は、もう繰り返さない。

アイドルは、ファンのためにどんな時でも全力を尽くす。

でも、私はアイドルのふりをしているだけ。だから、ファンの人達のために全力を出すことよりも優先することがある。……みんなを守ることだ。

杏夏ちゃん、紅葉ちゃん、雪音ちゃん、理王ちゃん。

私がやりすぎちゃったら、みんなが壊れちゃうかもしれない。

何もかもを失った私が、もう一度だけ手に入れられた奇跡を二度と失いたくない。

大丈夫だから……。靄まみれの私は嘘をついても……大丈夫だから……。

だから、私はアイドルのふりをし続ける。

ずっと……ずっと……いつまでも……いつまで続ければいいのかなぁ？


【ｔｉＮｇｓ】


──現在。

みんなと、どんな顔で会えばいいんだろう？　いったい、何を言えばいいんだろう？

何一つ、答えは出ていない。

誉ちゃんもミッちゃんもヒロちゃんも優しくて、辛いなら休んでもいいと言ってくれた。

本当は行きたくない。だけど、行かなくちゃいけない。自分でも不明確な使命感に縛られながら、私は重たい足取りでブライテストへ向かう。

季節は夏。今日は、特に暑い日だ。お日様がキラキラに輝いている。

みんなが、私の秘密を知っている。知っていて尚、本当の私になってと伝えてくれた。

——寒いなぁ……。

嬉しい。だけど、とても悲しい。

みんなが望んでいることをしても、みんなが望む結果にならないことを分かっているから。

——どうして、こんな風になっちゃうの？

私は、蓮ちゃんと一緒にアイドルになりたいだけだった。

なのに、神様がそれを許してくれなかった。

みんなが必死にやってるパフォーマンスを、物足りないと感じる心。

やろうと思ったことを、すぐに実現できてしまう体。

こんなものがあるから、私は何もかもを失ってしまったんだ。

——神様は、いじわるだよ……。

ブライテストの入り口で一度、足を止める。上を向きたいのに、下しか向けない。

足が、これ以上先に動かない。ここから先に進めない。

みんなにアイドルを大好きになってほしいのに、アイドルにアイドルを大嫌いにさせる。

こんなの、大間違いだよ……。

——私は、アイドルになれないんだ……

「アイドルだよ」

☆

翌日の夕方。僕はブライテストの入り口で、一人の少女がやってくるのを待っていた。

いつもなら、もうとっくに来ているはずの少女が、今日はやってこない。

だけど、僕の中に『彼女が来ない』という考えはない。

当然だ。だって、僕はよく知っているから……。彼女の諦めの悪さを。

七分後。うつむいた状態で、ブライテストへ向かってくる少女が一人。

ほら、やっぱり来た。

三つ編みに眼鏡をかけた前時代的な格好。いつもの明るい笑顔は見る影もない。

それでも、少女はここまでやってきた。僕は、歩を進めて少女のそばへと向かっていく。

うつむいたままで、僕の存在に気づいていないようだ。

「私は、アイドルになれないんだ……」

少女が呟いた。それは彼女が自らに言い聞かせている呪い。

暗い靄に包まれて、自分で自分が分からなくなってしまったからこその言葉。

そんな君だからこそ、僕はこの言葉を伝えよう。

「アイドルだよ」

うつむいていた少女が、僕のほうへ顔をあげた。

瞳に涙をためて、だけど涙がこぼれないように懸命に堪(こら)えている。

大丈夫だよ。君のアイドルは、まだ終わらない。……いや、違うな。

君のアイドルは……

これから、始まるんだ。

「青天国(なばため)春(はる)さんだよね？」

「え？　うん、そうだけど……」

「やった。やっと会えたよ」

僕は明るい笑顔で、両手をパンと合わせた。

覚えているかい？　初めて僕がブライテストに来た日のことを。

「やっと会えた？」

「そうさ。君を迎えに来たんだけど、何時に来るか分からなくて大慌て。でも、そこで閃(ひらめ)いちゃったよ。それなら、ずっとここで待ってればいいんだって。どうだい？　すごいだろ？」

僕達の物語は、ここから始まったんだ。

「僕、日生(ひなせ)直輝(なおき)。ここ——ブライテストに所属しているんだ。よろしくね」

「あ、うん。よろしくお願いします……」

何が何だか分からないという表情。

あれ？　もしかして、忘れちゃってるのかな？　それはちょっとさみしいんだけど……

「なんで、初めて会った日の真似してるの？」

よかった。ちゃんと覚えてくれていたんだね。

「今日が、君の始まりだからさ」

「私の始まり？」

青天国春。彼女が、『ＴＩＮＧＳ』が本来の姿に成るための最後の鍵。

最終段階まであと少し。ステージまでの背中は、僕がちゃんと押さないとね。

「ようこそ、ブライテストへ。これから、君を素敵な場所へと案内するよ」

そう伝えて、僕は春と共に芸能事務所ブライテストへと足を踏み入れた。


「ここが、君のロッカーだよ」

「えっと、これって……」

僕が春を連れてやってきたのは、更衣室。

更衣室の一角には、やけに派手な装飾がされているロッカー。

まるで、不器用な子供がやったクリスマスの飾りつけだ。

「ふっふっふ！　待っていたわよ！」

甲高い声が響く。……ロッカーの中から。

「理王様、降臨！」

声の主……聖舞理王が、元気にロッカーの中から飛び出してきた。

「やった！　今回は大成功！」

満足気な表情を浮かべ、ガッツポーズをとる理王。……大成功？

「ふふーん！　聖なる舞を魅せる理の王者！　それが私、聖舞理王！　理王様よ！」

「理王ちゃん、なにやってるの？」

まぁ、そう言うよね。

本人がやりたいっていうからやらせたけど、これ、何の意味があるんだろ？

「決まってるでしょ！　あんたを歓迎してあげてるのよ！」

「私を、歓迎？」

「そうよ！　だって、私達は同じグループのアイドルだもん！」

「…………」

理王の言葉に、春は何も答えない。

これまで、何度もライブを経験している。対外的に見れば、彼女は間違いなくアイドルだ。

だけど、本人はそう思っていない。きっと、春は……

「ごめん、理王ちゃん。私は、アイドルのふりをしてるだけなんだ……」

「はぁ？　なによそれ？」

「アイドルは、ファンを一番に考える存在だよ。でも、私は……」


「ざぁぁぁんねぇぇぇん！　大間違い‼」


「何勘違いしてんの？　春、あんたはファンのことを一番に考えてるじゃない！」

「そんなことないよ。もし、そうなら――」

「じゃあ、なんで噴水広場で本気を出したのよ？」

「え？」

理王の言う通りだ。噴水広場のミニライブは、理王の『Yellow Rose』が決まった時点で成功は確約されていた。その後に、理王以下のものを見せて観客を落胆させる事態に繋がろうとも、ファンが減る事態には繋がり難い。

だから、あの時の春には、普段通りのパフォーマンスをするという選択肢もあった。

だけど、春はそれを選ばなかった。杏夏や理王、そして僕に気づかれる危険性よりも、

「来てくれた人を楽しませることを優先したんでしょ？　だったら、あんたはファンを一番に

考えてるじゃない！」

「それは……」

「まっ！　あんたが本当の力を使わなきゃいけなくしたのは、この理王様の力だけど！　この理王様に、本当の自分を隠したままで勝てるわけないし！」

実際には、春はまだ余力を残してたんだけどね……。まぁ、それは言わないでおこう。言ったら、不貞腐れそうだし。

「というわけで、春！　あんたはアイドルよ！　理王様が言うんだから、間違いなし！」

「私が、アイドル……」

「それじゃ、次に行くわよ！」

理王が、春の右手を握りしめた。

「次？」

「当然よ！　あんたに話があるのは私だけじゃないもん！　さぁ、理王様に続きなさい！」

「わっ！　ちょっと、理王ちゃん！」

意気揚々と春の手を引っ張り、駆け出す理王。

少しだけ、晴れてきたかな？　でも、まだこれだけじゃないよ。

みんな、準備して待っているんだからね。

「杏夏、待たせたわね！　つれてきたわよ！」

「理王、部屋に入る前には、まずノックをして下さい」

激しい音を立てて開かれたドア。

長方形の机が二つくっつけられて配置されている会議室に座っているのは、玉城杏夏。

可愛らしい顔をしているのだが、いつにも増して冷静さを帯びた表情を浮かべている。

「杏夏ちゃん……」

「来ましたね、春」

立ち上がって、丁寧なお辞儀を一つ。そして、そこから――

「《私、『TINGS』を脱退することにしました》」

「え？　えぇぇぇぇぇぇ‼　杏夏ちゃん、それ、どういうこと⁉」

「テッテレー。お茶目なジョーク、大成功です」

絶対にやると思った……。だから、君の冗談は心臓に悪いんだって……。

「杏夏ちゃん、面白くない！　っていうか、心臓に悪い！」

「爆笑必至だと思ったのですが、むぅ……。珍しく失敗してしまいましたか」

珍しく？　今、『珍しく』って言った？

「珍しくないよ！　杏夏ちゃんの冗談はいつも――」

「ですが、私は決して諦めませんよ」

「え？」

春の言葉を遮り、杏夏がそう言った。

「何度失敗しても、私は決して諦めません。成功するまで、何度でも挑み続けます。どれだけ強大な相手だったとしても。そして、最後は大勝利です。アイドルも、お茶目なジョークも」

「……杏夏ちゃん」

　できれば、お茶目なジョークは諦めてほしいんだけど……ダメ？

「まぁ、偉そうなことを言っていますが、以前までは違ったのですがね」

　杏夏が、どこか寂し気な笑顔を浮かべた。

「勉強は頑張った分だけ成果が出ますが、アイドルは頑張った分だけ成果は出ません。上手くいかないアイドル活動。埋まらない専用劇場。私の心は折れそうになっていました」

　僕が、マネージャーになった当初、『TiNgS』は崖っぷちの状態だった。

「ですが、決して諦めない女の子がいました。どれだけ辛くても、その辛さを微塵も感じさせない笑顔でファンの方々と接する。その姿が、私を勇気づけてくれた。その子が頑張るのであれば、私も負けていられない、私も頑張ろうと思えました」

「春。貴女がアイドルだったからこそ、私はアイドルでいられたのです」

優しい笑みを浮かべて、杏夏がそう伝えた。

「ですから、貴女がアイドルでいられないのであれば、私が用意しましょう。貴女が、アイドルでいられる場所を。どこまでも付き合いますよ、本当の貴女に」

「それは、でも……」

「やる前から諦めない。貴女が私に教えてくれたことです」

「……うん。……そうだね……」

春は、自分が本来の姿に戻ることで、メンバーの心を壊してしまうことを恐れている。

自らの手で、アイドルを壊してしまうことを恐れている。

だけど、それはあくまでも可能性の一つ。別の可能性だって存在するんだ。

「それでは、次に行きましょうか」

「え？」

「今日は私達から、貴女に伝えたいことがある日ですから」

「……私達」

杏夏が立ち上がり、春の左手を握りしめる。右手は理王が握りしめたまま。

うろたえたまま、左右を確認する春。

「何だか、少し前の春に戻っていますね」

「ふふん！　いちいち確認しなくても、理王様は隣にいるんだから！」

ここまでは、『T・i・N・g・S』の物語。

だけど、ここから先は……


「あっ！　春たん、来た！」

会議室をあとにして、向かったのはレッスン場。

春の姿を確認した伊藤紅葉が上機嫌な笑みを浮かべて、トテテとそばへやってきた。

「杏夏たん、理王たん遅い！　ゾウさんになるところだった！」

直後にクレーム。……ゾウさんとは？

「『首を長くして待っていた』を『鼻を長くして待っていた』と勘違いした結果、『キリン』ではなく『ゾウ』をチョイスしたのでしょう」

杏夏、解説ありがとう。いや、本当に分からなかったから、とてもありがたい。

「春たん、昨日カツオ！」

「うん。昨日ぶりだね、紅葉ちゃん」

徐々にメンタルが回復してきている春だが、ツッコミ力は回復してないようだ。

人は、いったいどんな人生を歩んだら、ブリとカツオを間違えられるのだろうか？

杏夏、理王と続き、次は紅葉の番なんだけど、……大丈夫だろうか？

今のところ、発言が絶好調でバグり散らかしているが……。

「私は、特に喋ることはない！」

ダメかもしれない。

チラリと杏夏と理王を見つめてみると、二人そろってあんぐりと口をオープン。

どうやら、この状況は二人にとっても想定外だったらしい。

「えーっと、じゃあ、紅葉ちゃんは……」

「見てて！」

春の言葉を最後まで聞かず、レッスン場の中心へと向かっていく紅葉。

そして……

「えい！」

凄まじくハイレベルなブレイクダンスを踊り始めた。

驚いたな……。以前から、ダンスが上手いのは知っていた。

だけど、まさかこんなジャンルまで……。

「春たん、今のできる？」

踊り終えた紅葉が、誇らしげに春へと確認する。

「ちょっと、できそうにないかな……」

「その通り！　これは、私にしかできないこと！　春たんには、できない！」

「私は、春たんにできないことをやる！　だから、春たんは私にできないことをやって！」


「……あ」

なるほどね。紅葉が伝えたかったのは、そういうことか。

グループとは、全員が同じことをやるんじゃない。できないことは、仲間に任せる。

「そう、だね……。……うん。そうだよ……」

春が、穏やかな笑みを浮かべて紅葉に応えた。

「では、次に行きますか」

「ふふん！　春、次が最後よ！」

再び、春の右手を理王が握り、左手を杏夏が握りしめる。

「私も、私も！　……あれ？」

もちろん、紅葉もそばにやってきて手を伸ばしたのだが……

「私のつなぐ手がない！」

結局、紅葉は理王の手をつなぐことで落ち着いたのであった。

「では、ここからは春、貴女一人で行って下さい」

最後に向かった先は、屋上。ドアを開く前に、杏夏と理王が春から手を放した。

「……うん」

この先で、誰が待っているか。春はもう分かっているだろう。

かつて、自分自身の秘密に気が付き、『TINGS』を脱退してしまった……

「来たね」

祇園寺雪音だ。

「雪音ちゃん……」

春は、まだ一歩を踏み出す勇気がないのか、屋上の入り口で立ち尽くしている。

「ねぇ、春……」

いつもの仰々しい喋り方ではない、雪音本来の喋り方。「本当の私で、本当の気持ちを伝えないとダメ」。雪音は、そう言っていた。

「一つ、食べない？」

雪音が春に見せたのは、大福を模した二つ入りのアイスクリーム。

「どう、して？」

春は、まだ動けない。屋上の入り口に立ち尽くしたままだ。

「ここで春と食べるアイスが、一番美味しいから」

「……うん」

春が、動き出した。ゆっくり……、ゆっくりと雪音のそばへ向かっていく。

そして、アイスを一つ受け取って頬張った。

「おいしい、ね……」

「うん」

二人の間に、会話はない。ただ静かに、並んでアイスを食べるだけ。

一分後、二人はアイスを食べ終わった。

「ごめんね……。いっぱい迷惑かけちゃって」

雪音が、春にそう伝えた。

「え！　雪音ちゃんは悪くないよ！　悪いのは……」

「ううん。私のせいだよ……。迷惑かけちゃったもん。紅葉まで巻き込んじゃってさ……」

理由があったとはいえ、雪音が『TINGS』に迷惑をかけてしまったのは事実だ。

本来なら、五人でデビューするはずが三人になった。

本来なら、する必要がなかったはずの負担を三人には多く背負わせてしまった。

そんな自分が、いくら実力をつけたからと言って、簡単に戻るわけにはいかない。

――けじめはつけたいの。

雪音が、僕達に伝えた言葉だ。

「私って、思い込みが強いからさ。春のことも一人で何とかしなきゃって思ってた。約束をしたのは私なんだから、私が助けなきゃいけないって……」

雪音の過ち。彼女もまた、一人で抱え込んでしまっていた。

「ほんと、バカだよね……。上から目線で、『杏夏と理王も成長させないと』なんて考えてさ。二人とも、最初から私よりずっとすごいアイドルなのに……」

「違うよ！　雪音ちゃんだって──」

「本当に、ごめんなさい」

雪音が、深く頭を下げた。春だけじゃない。その背後にいる杏夏と理王と紅葉に対しても。

紅葉は、自分も同罪と考えているのだろう。雪音と同じタイミングで、深く頭を下げている。

「謝らないでよ……。雪音ちゃんは、悪くないよ。悪いのは、私……。私が、嘘をついてたのが悪いの……。全部全部嘘ばっかりで──」

「嘘じゃないよ」

「え？」

「春は、私達を守ってくれていただけ、私達を助けてくれていただけ、私達のために頑張ってくれていただけ。だから、春は嘘をついてない。全部、『本物』の気持ちだよ」

「……嘘、じゃない？」

「そうだよ……。春の『本物』の気持ちのおかげで、私は成長できた。もしも春がいなかったら、私はもうここにはいられなかった。全部、春の『本物』の気持ちのおかげだよ」

「雪音ちゃん、雪音ちゃん……」

「でも、本当はいっぱい我慢してたんでしょ？　言いたいこと、沢山あるんでしょ？」

「うっ！　うぅぅぅぅぅぅ!!」

春の瞳から、大粒の涙が溢れだした。

「もう、我慢しなくて大丈夫だよ……。春の言いたいこと、全部言っていいの……。私は、絶対に離れ……ううん、違うね」

一歩前に、雪音が春へと近づく。そして……、

「どんなに離れていても、必ずそばにいくから」

春を、優しく抱きしめた。

「私は、わた、しは……」

「こんなことがしたくて、アイドルになったんじゃない!!」

青天国春が、叫んだ。

「自分がやりたいことをしたかった！　やりたいことをやって、なりたいアイドルになりたかった！　なのに、そんな当たり前のことができない！　みんなが当たり前にできることを、私だけ当たり前にできない！　私は、こんなアイドルになりたかったんじゃない！　私だって、やりたいことがやりたいのに！　なんで、私だけができないの！」

「ごめんね、中々上達できなくて……。ありがとう、守ってくれて……。だけど、もういいの。春は、もうやりたいことをやっていいんだよ……」

もしも、春が初めから本気を出してしまっていたら、彼女の恐れている通り、『ＴＩＮＧＳ』は壊れてしまっていただろう。だけど、それを春が止めた。

彼女は、最初から独りで『ＴＩＮＧＳ』を守り続けていたんだ。

「なら、突然いなくならないでよ！　もっと別の方法だって、あったかもしれないじゃん！　雪音ちゃんと紅葉ちゃんがいなくなって、私がどれだけ寂しかったと思うの！　どれだけ不安だったと思うの！　私の気持ち、もっとちゃんと考えてよ！」

「うん……。私がバカだった……。春の気持ちを考えるべきだったのに、自分の気持ちばっかり考えてた。私が春を助けたいからって、みんなに相談せずに……不安にさせた。負担をかけた。本当に、ごめん……」

「自分ばっかり見てないで、私も見てよ！　レッスンをしてよ！　『才能』なんて言葉で、簡単に片づけないで！　私は努力をしてるの！　すっごく頑張ってるからできるの！」

「知ってる。いつも目元のメイクは、特に念入りにやってるもんね。本当は、全然寝てないんでしょ？　お家に帰った後も、一人でレッスンしてるんだよね？　どうしたら、『ＴＩＮＧＳ』がもっといい形に成れるか、ずっと考えてくれてたんだよね」

青天国春は、天才だ。それは、間違いない。

だけど、彼女は決して『才能』だけで、その総てを得たわけではない。

身を削る数多の努力。それがあるからこそ青天国春は、青天国春に成り得たんだ。

「諦める前に同じ努力をして！　頭も体も、どっちも使って！　みんなが上手にならないと、私はアイドルになれないの！　みんなと一緒じゃないと、私はアイドルになりたくないの！」

「ずっと言ってるもんね……。『みんなと一緒に、シャインポストになりたい』って。一人で輝いても、春にとっては意味がないんだよね。みんなで一緒に、輝きたいんだよね」

「そうだよ！　そうなんだよぅ……っ！」

春が、雪音を強く抱きしめた。

「独りはイヤ！　雪音ちゃんと、みんなと一緒がいい！　みんなと一緒に走りたい！　五人で一緒がいい！　『ＴｉＮｇＳ』じゃダメ！　『ＴＩＮＧＳ』じゃなきゃダメなの！　だって、私達は五人で一つだもん！　五人じゃないと——」

「シャインポストになれないよね」

「うん！　……うん！　……うん‼」

雪音の言葉を、春が涙でグシャグシャになった笑顔で肯定した。

「どうやら、話はまとまったようですね」

「ふふん！　理王様がいるんだもん！　このくらい、当然よ！」

「理王たん、さっきまで『大丈夫？　本当に大丈夫？』って心配してた」

「紅葉、余計なことは言わない！」

「杏夏ちゃん、理王ちゃん、紅葉ちゃん……」

春と雪音の話が一段落ついたところで、残りの三人が合流した。

「春、これから私達は『ＴｉＮｇＳ』ではなく、『ＴＩＮＧＳ』として活動することにしました。……構いませんね？」

「う、うん……。でも、いいの？　私は……」

「《本気は出さなくて、結構ですよ》」

杏夏が、優しく光り輝いた。

「え⁉」

「《そちらのほうが、私にとって好都合ですから》」

「《ふふん。理王様も同意見ね！　春、あんたはそのままでいいわ！》」

「《左の理王たんに同じ。春たんの本気、別にいらない》」

「《その点に関しては、私様も同じ考えだな》」

「え？　え？　雪音ちゃんまで！　どういうこと⁉」

てっきり、五人に戻るのだから本気を出せと言われると思ったのだろう。

だけど、彼女達はその言葉を選ばなかった。

分かっているからだ。春が、何を求めているか……。

「春が本気を出そうが出すまいが、結果は変わりません。『ＴＩＮＧＳ』で最も優秀なアイドルは、絶対にミスをしない私ですから」

「ふふーん！　勘違い甚だしいわね、杏夏！　『ＴＩＮＧＳ』のエースは、この理王様以外に有り得ないわ！　この理王様の歌声こそがナンバーワン！　だから、一番目立つのは私よ！」

「いとおかし。杏夏たんも理王たんも分かってない。『ＴＩＮＧＳ』で一番すごいのは、私。私のダンスは、誰にも負けないもん。だから、一番目立つのは私」

「三人とも大間違いだな！　『ＴＩＮＧＳ』で最も優秀なのは、この私様だ！　ミスをしない？　歌が上手い？　ダンスが上手い？　……笑わせる！　君達はライブに於て最も重要な能力で、私様と比べて遥かに劣っているのだよ！　レッスンでは見せられない、ライブでしか見せられないアイドルの魅力というものを存分に見せてやろうじゃないか！」

輝きはない。彼女達は、本気で自分こそが『ＴＩＮＧＳ』で最も優秀だと考えている。

そうだ……。だから、君達なんだ。だからこそ、君達が『ＴＩＮＧＳ』なんだ。

「なら、勝負しますか？　ちょうどよく、うってつけの場所がありますし」

杏夏が不敵な笑みを浮かべて、そう言った。

「いいじゃない！」「とうのぜん！」「乗ってやろうじゃないか」

完全に、春は置いてけぼり。四人はお互いに笑顔で見つめ合っている。

「《あぁ、春は別に参加しなくていいぞ。君如き、勝負をするまでもない相手だ》」

「《そうね！　春はいらないわ！》」

「《うん。春たん、邪魔》」

「《同意です。これは、あくまでも私達四人の勝負ですから》」

四人の少女が、光り輝く。その言葉を受けて春は……

「い、い、言ったなぁ……」

震える唇を何とか動かして、そう伝えた。

折角一度ぬぐったのに台無しだ。また、涙を流し始めているじゃないか。

だけど、それは悲しみの涙じゃない。だって、春は……満面の笑顔を浮かべているのだから。

「そんな面白いこと、参加しないわけないじゃん！　私だって、負けないよ！　みんなよりも、ずっとずうううううっと先まで、思いっきり走ってやるんだから！」

春が求めていた存在。それは、共に輝く仲間だけじゃない。

自らがどれだけ強く輝いても、決してその光に飲まれず輝きを発し続ける……

「では、遅れないように精々頑張って下さい」

「ふふん！　理王様より先に走るなんて、有り得ないわね！」

「春たん、一人で走らせない！　私は、誰も一人にしないから！」

「なら、しっかりと私様についてくるがいいさ」

「それはこっちの台詞だよ！」

ライバルを、彼女は求めていたんだ。

「じゃあ、僕からも少しだけ春にアドバイスをさせてもらおうかな」

「あっ！　マネージャー君……」

屋上で仲睦まじく笑顔を浮かべる少女達の下に僕はゆっくりと向かっていく。

「春。前にも言った通り、僕は本来の君がどこまでの力を持っているか、まだ分かっていない。

それでも、君に一つだけ言えることがあるんだ」

「う、うん……」

「背筋を伸ばせ」

「…………っ!!」

春はライブで、ファンを喜ばせようと、前に前に……体が前のめりになっていく傾向があった。もちろん、そのスタイルが合っているアイドルもいる。でも、春は違う。

「みんなの先頭に立つんじゃない。……みんなの中心に立って、みんなを一つにするアイドル。

それが、春だ。……そんな君は、背筋を伸ばしていないとね」

「……あぁ。そっかぁ……。そうだったよね……。あは……。あははは！」

どうしたんだろう？　そんな面白いことを言ったつもりはないんだけど……。

「ねぇ、マネージャー君。初めて会った日のこと、覚えてる？」

「もちろんさ。ブライテストの前で君が待っていて――」

「ブッブー！　大外れ！」

「ん？」

どういうことだ？　僕が春に会ったのは、ブライテストの入社初日のはずだ。

明るい笑顔でやってきて、誰よりも頑なに僕にマネージャーをやってほしいと……

「マネージャー君と私が、初めて会ったのは……」

春は嘘をついていない。つまり、本当にあそこが僕と春が初めて会った場所じゃないという
ことだ。なら、どこで僕と春は……

「横浜国際総合競技場に、私がかばんを忘れた時です」

「え？　……あっ！　もしかして、君はあの時の……」

「ずっと思い出してくれなくて、すっごぉぉぉぉく寂しかったんだからね！」

「なら、君は最初から……」

「もちろん、全部知ってるよ！　だから、私が貴方を迎えに行ったの！　だから、私は貴方がよかったの！　貴方なら、キラキラの夢を叶えてくれるっていう確信があったから！」

そういうことだったのか……。いや、これは予想外の反撃を受けてしまったな……。

まさか、春があの時の女の子だったなんてね……。

「春、話が見えないのですが、いったいナオさんと何の話を……」

「なーいしょ！　だって、これは私の秘密の宝物だもん！」

「むぅ……。そう言われると、無性に気になります」

「ダメ～！」

幸いにも、春は僕について、みんなに言うつもりはないようだ。

なら、ひと安心。……安心か？

「これからもよろしくね、ナオ君！」

元気なVサインを、僕に向ける春。もう、彼女を包んでいた黒い靄は消え去っている。

ここからが本当の始まり。ここからが、本当の……『TINGS』の物語だ。

「うん。今日から僕は、『TINGS』の専属マネージャーだ」

目の前には、溌溂とした笑顔を浮かべる五人の少女。

「というわけで、早速の一仕事目だけど、まずは一つ、君達に教えてほしいことがある」

「教えてほしいこと、ですか？」

あの時は、聞けなかった。だけど、今ならきっと聞くことができる。

「君達はどんなアイドルになりたい？　どんな夢を持っているんだい？」

そう尋ねると、五人の少女は引き締まった表情を僕に向けて、

「みんなの力になれるアイドル！　みんなを元気いっぱいにできるアイドルになりたい！」

大きく胸を張って、煌びやかな言葉を放つ聖舞理王。

「誰かにとって特別な存在になり得るアイドルになりたいです」

真っ直ぐな瞳を輝かせ、玉城杏夏がそう宣言する。

「『本物』の笑顔を作れるアイドル！　私だけじゃない！　『ＴＩＮＧＳ』だけじゃない！　会場のみんなと『本物』の物語を作れるアイドルに、私はなりたい！」

目が眩むほどに光る想いを、祇園寺雪音が力強く伝える。

「誰も一人にしないアイドル！　絶対に誰も寂しがらせない！　そんなアイドル！」

眩い笑顔を浮かべながら、伊藤紅葉が元気いっぱいに叫ぶ。

「ふふふ！　私はもちろん、決まってるよ！」

青天国春が、いつもの明るい満面の笑みを浮かべている。

「世界中の人にアイドルを好きになってほしい！　アイドルのことをいっぱいいっぱい知ってほしい！　そのための輝く道標……」

「シャインポスト!!」

ようやく、聞くことができた。ようやく、見ることができたよ。

「君達は、輝いているな……。本当に、輝いているよ」

真実の輝きを。

☆

時間が経つのは、あっという間。

あっという間に二ヶ月という時間は経過して、今日は『TINGS』初の単独ライブ。

場所は新宿ReNY。アイドルの真価が試される会場だ。

会場は満員御礼。今までのアイドル好きのファン以外にも、噴水広場のライブで獲得したファン、動画を見て興味を持ってくれた人達が来てくれている。

「いやぁ～！　単独ライブにも驚いたけど、まさかReNYでやるとはなぁ！　いや、嬉しいんだけど……大丈夫かな？」

「それも気になるけど、どっちかっていうと気になるのは新メンバーかな。グループ名が変わったのも、多分その影響でしょ？」

「ふむふむ……。新メンバー加入の発表だけをして、実際のお披露目は定期ライブではなく単独ライブ。それも、ReNYで。……これは、かなり攻めていますね」

「ふふ……っ。リオ様の缶バッジ買っちゃった！　やっぱり、リオ様可愛い！」

「……おキョン、頑張れ！」

新宿ReNYという、難易度の高い会場。未だ、全容の見えない新メンバー。

純粋にライブを楽しみにしている人もいれば、このライブ自体に懸念を持つ人もいる。

「いや～。いきなり八〇〇っすかぁ～。それはいいんすけど……杏夏、平気っすよね？」

「頑張れ、理王。理王の歌なら、きっと大丈夫だよ」

「うわぁ……。人、めっちゃ多いじゃん！　……春、大丈夫だよね？」

「最近は元気になってたけど……、ちょっと心配。誉、どう思う？」

「私達にできることは、信じることだけ。だから、めいっぱい信じよ。……春を」

あの子達は、きっと春達の友達だろうな……。


ステージ裏の楽屋へ行くと、そこでは既に新しい衣装に着替えた少女達がいた。

「もうすぐ、始まりますね」

「ふふん！　これが、新しい衣装ね！　中々、いいじゃない！　……すっごく可愛い！」

「あっ！　ナオ君、ちょうどいいところに！　ねぇねぇ、みんなで新しい衣装の写真撮りたいから、カメラマンやって！」

「構わないよ」

すでに多くのライブ経験があることからか、杏夏と理王と春はリラックスした様子。

だけど……

「やってやる……。絶対に、やってやる……」

「……これは、ぶしゃぶるい。ぶしゃぶるい」

雪音と紅葉は、初めてのライブにかなり緊張した様子だ。

「えっと、雪音ちゃん、紅葉ちゃん。大丈夫？」

「《ふん！　大丈夫に決まっているだろう！　別に緊張なんて——》」

「していないと言えば、嘘になる！」

「あちゃぁ～……」

今日も紅葉は、とても素直なようだ。

だからといって、問題が解決するわけでも何でもないけど……。

「やっほぉ～！　調子はどうだい？」

その時、楽屋に一人の少女がやってきた。兎塚七海だ。

「あっ！　七海ちゃん！」

麗美と日夏はスケジュールが埋まっていたが、七海曰く「《たまたまスケジュールが空いたから、見学をしにきた》」とのこと。

「どうしたのですか？　貴女がここに来るなんて？」

「んふふ～！　ちょっと様子を見にきたんだ！」

ニコニコといつもの笑顔を浮かべ、七海が雪音と紅葉の下へと向かっていった。

「雪音、紅葉、デビューおめでとう！　ようやく、ここまで来れたね！」

「七海……」「七海たん……」

七海が、優しい瞳を二人へと向ける。

「一年以内にトップアイドルと同じ実力にしてほしい。最初に聞いた時は、耳を疑ったよ」

それは、二人と七海しか知り得ない言葉だ。

「でも、任された以上私も手を抜けない。ものすごく厳しいレッスンを……普通のアイドルじゃ考えられないようなレッスンをやってもらった」

デビューという道を選ばなかったからこそ、雪音と紅葉は必然的に『FFF』と、七海と過ごす時間が長くなった。その期間は、約一年間。少女達にとっては、とても長い時間だ。

「正直、無理だと思った」

あの七海が言う『ものすごく厳しいレッスン』だ。

常識では考えられないような、壮絶なものだったに違いない。

「でも……ちゃんとやり遂げたね！」

だけど、雪音と紅葉はそれを乗り越えた。

「だから、その成果を見せてもらえるかな？」

「もちろんだ！」「いとおかし！」

「オッケー！　それだけ元気なら心配はいらないね！　今日は楽しませてもらうよ！」

七海が来てくれて助かったな。雪音と紅葉から、緊張が消え去ったじゃないか。

「なぁ、七海！　これから、みんなで写真を撮るんだ！　七海も混ざってくれないか？」

「うん！　私も、七海たんと一緒がいい！」

「わおっ！　そんなの混ざるに決まってるじゃん！　可愛い女の子は、私のエナジー！」

「やったぁ！　じゃあ、ナオ君！　早く撮って！　ライブまで、時間もないし！」

僕に手渡されたのは、七海の分も含めた六台のスマートフォン。

その内の一台を構えると、

「じゃあ、いくよ？　準備は良いかな？」

「「「「「「にー！」」」」」」

六人の少女が、満面の笑みを浮かべていた。


七海と共に楽屋を後にする。ここから先、僕にできることは何もない。

あとは、彼女達を、『TINGS』を信じるだけだ。

「いやぁ～！　いよいよ五人のライブか！　楽しみだなぁ！　どんなライブになるかなぁ～」

「ねぇ、七海」

「ん～？　どしたの、ナオ君？」

「一つ聞きたいことがあるんだけど、いいかな？」

「内容にもよるかなぁ！　デリカシーのない質問だったら――」

「少し前に君達『FFF』は、優希さんに直談判をしたらしいね。……もしもの時は、『FFF』を五人グループにしてほしいって」

「……デリカシーがないなぁ……」

七海が、少しだけ悲しそうにそうつぶやいた。

「三人グループの『FFF』に二人の新メンバー。その二人ってさ……」

「《雪音と紅葉じゃないよ》」

組んでいた腕を解き、七海が物寂しい瞳を向ける。

その視線の先は、『TINGS』の楽屋。雪音と紅葉がいる楽屋だ。

「二人には、『TINGS』の衣装が一番よく似合ってたよ」


【TINGS】


——ライブ開始まで残り三分。

「みんな、ありがとね……」

「礼は不要です。私は、私のために最善の手段をとっただけですから」

「え？」

「私は、出来る限り早く特別になりたいですからね。貴女達を利用させていただきます」

「ふふん！　今日は私の引き立て役として、励むことね！　なぜなら、私は理王様だから！」

「私が一番目立つ。突然の新メンバーなんて、大チャンス」

「春（はる）、今後こそ負けないからね」

「ふふふ……。そうだったね……。うん！　お礼はなし！　今日はみんなに教えてあげる！」

「はて？　いったい、春（はる）は私達に何を教えてくれるのでしょう？」

「決まってるじゃん！　私が教えてあげるのは……」


「青天国春（なばためはる）！」


「精々、期待外れでないことを祈りますよ」

「もちろんだよ！」

「では、最後に……やりますか」

「うん！」「オッケー！」「いいだろう」「まっかせなさい！」

「「「「せーの……」」」」

「猪突猛進（T）！」

「威風堂々（I）！」

「日進月歩（N）！」

「豪華絢爛（G）！」

「獅子奮迅（S）！」

「「「「全身全霊！　ＴＩＮＧＳ‼」」」」

☆

いよいよ、始まった『ＴＩＮＧＳ』の定期ライブ。

僕はお忍びでやってきている七海（ななみ）と共に、二階の関係者席で様子を確認していた。

会場に流れる前奏（オーバチュア）。この曲が流れると、定期ライブでは大歓声が挙がるのだが……

「やっぱ、ＲｅＮＹだとこうなっちゃうよなぁ……」

「ふむふむ。いつも通りのＲｅＮＹですね。……見せてもらいましょうか」

今日は遠慮がちな歓声と、まばらな拍手だけ。

「……ねぇ、何だか静かじゃない？　噴水広場の時はもっと……」

「『ＴＩＮＧＳ』のライブって、こんな静かなの？」

「みんな静かだと、声、出しづらいなぁ……」

そして、そんな不可思議な状況に困惑する、初参加の観客。

早速、ＲｅＮＹの特性が牙を向いた。『ジャンプの禁止』。シンプルだが絶大な制約によって、いつも来ているファン達の声援が弱まってしまった。

そんな中、『TINGS』のメンバーが、ステージ横から飛び出してきた。

「あっ！　きた！　リオ様だ！　リオ様、今日も頑張ってねぇ！」

「リオ様だ！　リオ様、かわいいぃ～！」

「ふむふむ。……あの子達が新メンバーですか」

最初にステージの注目を集めたのは、新メンバーの雪音と紅葉ではなく、理王。

当然だ。今日来ている人達のほとんどが、噴水広場の理王を観て、『TiNgS』のファンになった人ばかり。まだ、この人達は『TINGS』のファンにはなっていない。

「皆さん、ようこそ！　『TINGS』の玉城杏夏です！」

「ふふーん！　聖なる舞を魅せる理の王者、聖舞理王！　理王様よ！」

「青天国春だよ！　みんな、やっほー！」

曲からではなく、MCからスタートするライブ。僅かな違和感を覚える観客達。

三人が元気な声を出したことで、ひとまずレスポンスをする。

まだ、雪音と紅葉は一言もしゃべっていない。

「実は、今日は皆さんに報告があります！　見ての通りですが……」

杏夏が、雪音と紅葉へ手を向けた。

「今日から、私達は五人グループ『TINGS』として活動します！」

「ぎ、祇園寺雪音だ！　以後、よろしゅくたのみゅ！」

「伊藤紅葉！　い、伊藤紅葉！　い、い、伊藤紅葉！」

なんというか、二人そろってひどい挨拶だ……。会場のボルテージが、ややダウン。

「雪音、紅葉、今度みっちりしごくからね……」

やったね。七海のボルテージだけは、猛烈アップだ。

「雪音ちゃんと紅葉ちゃんか～。うん、よろしくね！」

「雪音ちゃんと紅葉ちゃん……。なんて呼べばいいのかな？」

「ふむふむ……。祇園寺雪音と伊藤紅葉。だから、『TINGS』に変化したのですね。……む？　それなら、もしや『TINGS』は初めから……」

観客達の反応は、概ね良好。だけど、盛り上がりはいまいちだ。

今日来てくれた人達は、あくまでも三人のライブを期待してやって来ている。

突然二人のメンバーが増えて歓迎はするが、完璧に受け入れることはしない。

彼らに受け入れられるか、受け入れられないか……それは、全て雪音と紅葉次第だ。

「ふふふ。雪音、紅葉、まだ皆さんはお二人を受け入れる準備は整っていないようですよ」

「当然だ。実力を見せる前に受け入れられても、こちらが困る」

「ふふーん。紅葉、雪音、あんた達にできるの？」

「できる！　言うまでもあるくらい、すごいの見せる！」

「『言うまでもない』じゃないかなぁ……」

ステージの上での簡単なマイクパフォーマンスを終えると、メンバーそれぞれが配置につく。

前列に、雪音と紅葉。後列に、杏夏と理王と春。

雪音が右手でマイクを握りしめ、左手で紅葉の右手を握りしめる。

「一曲目は、今日のために用意した新曲だ！　是非とも、楽しんで観てほしい！」

雪音が、来てくれた人達に向けてそう叫んだ。

「え？　新曲？　リオ様、後ろなんだ……」

「新曲は嬉しいけど、完全に未発表の曲だよね？　ＭＶとか先に見たかったな……」

「ふむふむ……。ＲｅＮＹの制約がある中で、これをやるとは……どこまでもハードルを上げていきますね。……それに見合う実力であればいいのですが」

一曲目で、唐突に現れた二人の少女が、今までいた三人を背後に立たせ新曲をやる。

本来であれば、考えられない試みだ。

通常、一曲目はライブ開始と同時に定番の曲を行うのが効果的。

そもそも、今日来てくれた人達は全員、春と杏夏と理王に期待してやってきているんだ。

にもかかわらず、一曲目でまだよく分からない新メンバーがメインを務める曲を演る。

おまけで、完全未発表の新曲ときたものだ。

アイドルの曲には、ファンの共通認識となっている盛り上げ方というものがある。

それは定期ライブやＭＶを確認して、予めファンが準備してくれるもの。

だけど、今回の曲はここで見せるのが初めて。つまり、ファンは盛り上げ方を知らない。ただでさえ、ReNYの制約があるにもかかわらず、ファンの知識を完全に零にする。危険すぎる試みだ。だけど……

——私様達には、返さなくてはならない借りが多すぎるんだ。だから、やらせてほしい。

——けじめはつけるもの！　私と雪音たんにやらせて！

僕は、雪音と紅葉の覚悟と才能を信じた。

大丈夫だ、雪音、紅葉。君達は、確かにデビューをしていなかった。

ライブの経験値は、圧倒的に足りない。だけど、君達を常に鍛えていたのは……

「んふふ。やってやりなさい、雪音、紅葉」

トップアイドル『FFF』……兎塚七海だ。

「私様にお任せだ！」

「いとおかし！」

「「Snow Leaves‼」」

ありったけの想いを込めて、二人が叫んだ。

…………


「わっ！　まじか！　あの子、すごいな！」

「やばっ！　あれ、絶対すごいよね⁉　誉、あれはどのくらい……」

「かなり、すごい。『HY：RAIN』のカラシスと同レベルか、それ以上」

「カラシスって、ダンスがめっちゃ上手い姉妹だよね⁉　それと同じとか、やばいじゃん！」

「ふむふむ……。易々とハードルを越えてきましたか。……素晴らしいダンスです」

曲の始まりと同時に、歓声が巻き起こる。まだ歌は歌っていない。

最初に魅せたのは、紅葉だ。五人で共通のダンスを踊ると思いきや、いきなり真ん中に陣取って、かなり高度なダンスを踊り始めた。

決してグループの統一感を崩さず、だけど誰が見ても分かるハイレベルなダンス。

ReNYのライブを成功させるために不可欠な要素は、『分かりやすい魅力』だ。

高難易度のダンス。それを完璧に踊る紅葉が、観客の視線を釘付けにした。

「いいね、紅葉！　レッスン以上の動きができてるじゃん！」

七海からも太鼓判。

前奏としては長く、時間にしては短い三〇秒間。完璧なダンスを魅せる紅葉。

当然ながら、観客は……

「いいぞ！　もっとやれ！　もっとやれぇ！」

「グッドですねぇ！　素晴らしいダンスです！　……リオ様の次は、あの子にも我が局の番組に……日生さんに連絡をしなくては！」

伊藤紅葉というアイドルを、『ＴＩＮＧＳ』のメンバーとして受け入れた。

そして、いよいよ歌が始まる。

「～～～♪」

始まりは雪音のソロパート。激しいダンスと共に、懸命に歌う雪音だったが、

「う～ん……。上手だけど、さっきのダンスの子と比べると……」

「リオ様の歌のほうが……」

「ふむ……。歌唱力、ダンス、どちらもハイレベルですが……なんでしょうね？」

観客の反応はいまいち。だけど、それは仕方のないことだ。

雪音は、歌唱力では理王に劣り、ダンスでは紅葉に劣り、安定感では杏夏に劣る。

故に、平均的にハイレベルな技術を魅せようと、尖った武器を持つアイドルが集まった『ＴＩＮＧＳ』の中では、いまいちパッとしない印象を抱かれる。

でもね、雪音はあの優希さんからこう言われていたんだよ。

『特に、雪音だ。彼女の才能は素晴らしい。もし五人のままでデビューしていたら、最も注目を集めることになったのは、間違いなく彼女だっただろうね』

雪音の才能は、歌唱力でもダンスでも安定感でもない。

「でも、どうしてかな？　あの子から目が離せないんだけど……」

「うん、私も。この曲がすごく優しい曲だからかな？　大切な人のために頑張る……」

「うわっ！　これまた、やばいっすね……」

「んふふ！　そうだよ、雪音！　それが、雪音の才能！」

雪音の才能の正体。それは……

「最高の感情表現だ！」

この歌に込められた想い、彼女自身の願い、『TINGS』というグループの存在。

曲に合わせ、観客に合わせ、自らの感情を的確に表現する技術。

表情だけではなく、指先の角度、足を踏み出す強さ……そんな細かいところまで完璧に微調整を行い、全身を使って観客へ自らの感情を伝えている。

加えて目を見張る技術は、ステージの使い方だ。会場の広さ、ステージの大きさを俯瞰的に把握し、自分達を最も魅力的に映す術を雪音は熟知している。

才能と技術を掛け合わせ、雪音は『曲』を『物語』へと進化させる。

雪音がいるだけで、ライブが『聞くもの』から『観るもの』へと、明確に変化するんだ。

「分かった！　あの子だ！　あの子が教えてくれてるんだ！」

「だよね！　あの子を見てるだけで全部分かる！」

レッスンでも何度も見たけど、本当に雪音の演技力の高さは抜群だ。

ステージの使い方は、経験の賜物だろうな。さすが、彩音さんの娘なだけあるよ……。

「ふむふむ……。素晴らしいとしか言えませんね。三人だった頃よりも遥かにグループとしての形が整っています。……恐らくそうだったのでしょうね。『TiNgS』は最初から……」

「最初から五人だったみたい!!」

その通りだ。

『TiNgS』は最初から偽りの姿。今の『TINGS』こそが、本来の彼女達。

安定感の玉城杏夏、ダンスの伊藤紅葉、感情表現の祇園寺雪音、歌唱力の聖舞理王。

そして……

…………

……

「よかったよ、紅葉ちゃん! かっこいいダンスだった!」

「雪音ちゃん、めっちゃいい! 今日から、雪音ちゃん推しにならせてもらいまーす!」

新宿ReNYのライブは、大盛り上がり。

『ジャンプ禁止』という制約がある中で、素晴らしいパフォーマンスを魅せた雪音と紅葉は、全ての観客達から受け入れられ、それから先の曲でも注目を浴び続けた。

「雪音、紅葉。目立ちすぎですよ」

杏夏がセンターに立つ。それにより、観客達が次に始まる曲を理解した。

「おキョン！　おキョォオオオオオオン!!」

そして、観客の中でもとりわけて大きな声援を出す女の子が一人。トッカさんだ。

トッカさんの姿を確認した杏夏が、ウインクを一つ。トッカさんは気絶した。

そして、背後の古参のファン達が手慣れた動作で彼女を支えた。すごいチームプレーだ。

「はぁ……。まったく、あの人は……」

ついでに、なぜか七海がげんなりした声を出した。

「次は私の番です！　お聞き下さい!!」


「一歩前ノセカイ!!」

…………

……


「杏夏、あんたの番はおしまい！　ここからは私の番！　なぜなら、私は……」

「「リオ様だから!!」」

「ふふーん！　分かってるじゃない！」

気が付けば出来上がっていた、理王専用のコール。

理王がセンターに立ったことで、観客達の目の色が変わる。

ライブの中盤、お目当ての曲が歌われることを確信したからだ。

「Ｙｅｌｌｏｗ　Ｒｏｓｅ!!」


…………

……


「いやぁ～！　ＲｅＮＹって聞いた時、最初はどうなるかと思ったけど、全然だったな！　やっぱ『ＴＩＮＧＳ』はすごいわ！」

「今日の『一歩前ノセカイ』、めっちゃ良くなかった？　ダンスも歌い方もアレンジされてて、ＲｅＮＹオリジナルおキョンって感じだった！」

「うん！　リオ様の歌はもちろんだけど、他の曲も全部素敵！　ただ……」

「なんで、あの子がほとんどの曲でセンターなの？　リオ様のほうがすごくない？」

「ふむ……。今日のハルルンは、随分と大人しいですね」

「ちょ！　ヒロ、誉！　なんか春、やばくない？　これ、やばいんじゃない!?」

「ミチ、私に聞いてても分からないってぇ～！　誉、解説お願い！」

「うん。他の子が目立ちすぎて、センターの春が霞んでる。とてもまずい」

杏夏の安定感、紅葉のダンス、雪音の感情表現、そして理王の歌唱力。

四人の才能が余すことなく発揮されたライブのボルテージは、最高潮。

それが故に、春にとって厳しすぎる状況へと変化していた。

今までは、繊細な調整力と正確な観察眼によってステージの注目を集めていた春だが、今日のライブではそれ以上に観るものが多すぎる。

加えて、今日の観客の半数以上はアイドルへの知識がそこまで深くない人。

だからこそ、春の技術を理解できないし、理解したとしてもそこまで盛り上がらない。

結果、ほぼ全ての曲でセンターに立っているにもかかわらず、春への興味が失われている。

「春、頑張れぇぇぇぇぇぇ!!　春がすごくないわけない！　ガッツだよ、ガッツ！」

「みんなすごいんだから、春だってすごいよ！　頑張れぇぇぇぇ!!」

会場に、春の友人と思われる少女達の声が響く。

ほんの一瞬、春がその少女達を見つめ、静かに優しく頷いた。

「みんな、今日は来てくれて、本当にありがとう!!」

会場の空気を察しながらも、春は元気いっぱいに感謝を伝える。

「次の曲は、ライブで初めてやる曲！　でも、新曲じゃない！　私達が五人になったらやろうって決めて、ずっとずっと我慢してた曲！」

それは、五人の少女達が初めて優希さんから作ってもらった、グループの持ち曲。

彼女達にとって、始まりを象徴する曲。

「私達は五人で一つ！　一人でも、欠けちゃダメ！　一人でも嘘をついてちゃダメ！　だから、今日はみんなに本当の私を……、本当の『TINGS』を知ってほしい!!」

その言葉に込められた想いが分かるのは、きっとこの会場にほとんどいない。

状況は最悪。古参のファンですら、春にそこまでの期待を寄せていないだろう。

「みんな、見ててね！」

それでも、揺るがない。自信に満ち溢れた、光り輝く笑顔。

心の底から今この瞬間のライブを楽しみ、その気持ちのままに、

「私達、今から輝くから!!」


青天国春が叫んだ。

「「「「Be　Your　Light!!」」」」

…………

……

ついに、今日の天王山が始まった。相変わらず、観客の春への興味は失われたまま。

ステージに立つ他のメンバーも理解しているが、彼女達は救いの手を差し伸べない。

当たり前だ。今日のライブで、『TINGS』のメンバーは、仲間であると同時にライバル。

誰が、最も目立てるかを競い合っている。今のところの反響は、春を除いてイーブン。

観客達が握っているペンライトの色は、ピンク、黄色、赤、黄緑の四色が目立つ。

杏夏、理王、雪音、紅葉。それぞれのイメージカラーだ。

正直に言わせてもらえば、こんな最悪の状況で自らに注目を取り戻し、今以上にライブを盛り上げられるアイドルなんて、僕はあの子以外に誰も知らない。

難易度も重圧も、過去最高。それでも、春はセンターとしてやり遂げなければならない。

できなければ、「素敵なライブだったけど、センターはいまいち」という印象を抱かれて
……なんて、懸念にも程があるか。

「いっくよぉぉぉぉぉ!!」

真っ直ぐな、背筋だ。

「おお！　来た！　紅葉ちゃんのダンス……って、えぇぇぇぇ!!」

「紅葉ちゃんにできないことは、私がやるね！」

「にょ!?」

最初に仕掛けられたのは紅葉だ。

得意のダンスで会場を魅了し、フリーパートに入った瞬間。

春が、紅葉と同レベルのダンスを踊り始めた。

「え⁉　ハルルンって、あんなにダンスが上手いの⁉」

「わぁ、二人ともキレキレ！　かっこいい！」

「やばいっす！　紅葉ちゃんもハルルンも、めっちゃいいっす！」

二人を正確に比較すると、技術的に上なのは紅葉だ。

だが、魅せ方という点に於て上回ったのは春。ここまで、敢えて目立たずに息をひそめ、タイミングを見計らって自分もレベルの高いダンスをする。

感情の上がり幅で、春が紅葉を上回ったんだ。……異変が一つ。

最後の最後で、春が露骨にミスをした。バランスを崩して、その場でよろめいてしまった。

「あちゃぁ～！　さすがのハルルンも、あれはきつかったかぁ……」

「でも、すごかったよ！　紅葉ちゃんもハルルンも！」

ちょっと待ってくれ。もしかして、今のって……

「～～～♪」

直後、理王が動いた。得意の歌唱力を余すことなく発揮し、会場の注目を集める。

それは、この曲で自分が一番目立つために理王がとった判断だが……

「残念！　大間違い！」

「うにゅ！」

理王の歌唱力を、春が乗っ取った。

「あれ？　何だかさっきより、リオ様の歌、綺麗じゃない？　どうして……」

「ハルルンだよ、ハルルン！　ハルルンがすっごく上手に合わせてる！」

「うわぁ〜。理王、やばいかも……。これ、食べられちゃわない？」

先程の紅葉と同じだ。シンプルな歌唱力では、理王に軍配が上がる。

真正面から理王の歌唱力に向かっていっても、春は勝てないんだ。

だからこそ、搦め手を使った。

春は、『理王の歌声をより魅力的に伝える技術』を使って歌っている。

ダンスも、敢えて理王を引き立てている。

それによって、観客達の視線が自然と春と理王の二人に集まる。

こうなってくると、不利になるのは理王だ。なにせ春は、つい先程まで紅葉とハイレベルなダンスを繰り広げて注目を集めている状態。

以前から歌が上手いと知られていた理王と、観客が知らない技術を聞かせた春。

たとえ、歌唱力で劣っていたとしても、評価をされるのは自然と春になる。

しかし、最後の最後で春は音程を分かりやすく外してしまった。

「あ、ちょっとずれちゃった？　う〜ん、惜しい！　でも、次はできるよね！」

「少しくらい気にしないよ！　そういうのも、ライブの醍醐味じゃん！」

二回目の違和感が、僕に確信を与える。

「……マジか。……いや、これ……マジか？」

「マジ……。やばいよね……。あれが、本当の青天国春……」

啞然と言葉を発する僕に、七海がそう言った。

「……杏夏っ！」

「分かってます！」

今までの理王と紅葉を見て、一人では危険だと判断したのだろう。

咄嗟に、雪音と杏夏がタッグを組んで春に仕掛けた。

この曲の中でも特に難しい振り付けのタイミングで、杏夏と雪音が一歩前に足を踏み出す。

注目を集めようと、意図的に踏み込みを強くして衝撃音を出した。

決してミスをしない安定感のある杏夏のパフォーマンスに雪音の感情表現のアレンジが加わって、『曲』がより深みのある『物語』へと進化していく。

それによって、一瞬だけは二人に注目が集まったのだが……

「私も杏夏ちゃんがアイドルでいてくれるから、アイドルでいられるんだよ！」

「……っ！」

決して崩れない安定感のあるパフォーマンスを魅せる杏夏の隣で、不安定でボロボロのパフォーマンスを魅せる春。普通に考えたら、評価されるのは杏夏だ。だけど……

「あ～……。やっぱり、ハルルン無理してたんだぁ～。もう張り切りすぎだよ！」

「でも、今日でこれだけすごいなら、次はもっとすごくなるよね！　……ってことは、またライブに来るしかないじゃん！」

汗をびっしょりと流し、フラフラになりながらも懸命にパフォーマンスを続ける春に、観客達は無我夢中になってしまっている。

杏夏と雪音は、『曲』をより深みのある『物語』へと進化させた。

そして、春は……

「雪音ちゃん。これが、本当の私だよ」

「～～～っ！」

『物語』の『主人公』の座に居座った。

それぞれが得意とする才能でライブを盛り上げた杏夏、理王、紅葉、雪音。

安定感、歌唱力、ダンス、感情表現。

だけど、春は違う。まったく異なるアプローチで、ライブを盛り上げている。

本来の春は、やろうと思えば紅葉と同じクオリティのダンスを続けられる。音程も外すことなく歌い切れる。体力にだって、まだ余裕はある。だけど、あえてやっていないんだ。

アイドルとは、大きく分けて二つのタイプに分類される。

一つが、自分達の成長も含めて楽しんでもらうタイプ。それなりのパフォーマンスの頃からデビューして、技術の向上もパフォーマンスの中に含めるアイドルだ。

もう一つが、完成された技術を楽しんでもらうタイプ。プロのミュージシャン顔負けの歌唱力やダンスをみせて、ファン達を唸らせるアイドルだ。

では、青天国春はどちらのタイプに分類されるか？

彼女は、その二つを、融、合、さ、せ、た、ん、だ。

完成された技術の中に、未完成の技術を取り入れたパフォーマンス。

全部は完璧じゃない。ほぼ完璧にできて、少しだけ未完成。

なら、次のライブでは？　次の次のライブでは？　ファンは、そう思う。

青天国春が、アイドルとして見せたパフォーマンスの正体。

それは、『可能性』。

明確な答えのない、だからこそ、好奇心と想像力をどこまでも昂らせるパフォーマンス。

「完全に、見誤っていたな……」

僕は、春が自らの才能を隠してパフォーマンスをしていると思っていた。

だけど、それは大きな間違い。春にとって、自らの才能すらも隠れ蓑だった。

才能の内側に敷き詰められた、膨大な努力。それこそが、青天国春の真骨頂。

天才なんて言葉でも生温い……その領域まで、青天国春はすでに辿り着いている。

「間違いなく、彼女はアイドルだよ」

「そうだね……。それも、とびっきりの……」

最高の技術を魅せるのではなく、観客達が望むもの以上のものを魅せる。

『来てくれた人達を楽しませる』ことを最優先にしたパフォーマンス。本気を出さない本気。

精神的にも体力的にも、ただ純粋に全力を出すよりも遥かに難しい技術だ。

才能だけでは決して至れない。常識外の研鑽を積んだからこそ、春はアレができるんだ。

「みんな、声がちっちゃいよぉ～！　聞こえなぁ～い!!」

間奏の合間、完璧なタイミングのマイクパフォーマンス。一体感がより強固になる。

「頑張れ、ハルルン！　あとちょっと！　あとちょっとだよ！」

「ふむふむ！　これは、素晴らしいです！　素晴らしいです！　……あぁ、自分の語彙力が足りないのがもどかしい！」

「やばいっす……。ハルルン、とんでもないっす……」

「うわぁ～。理王、すごい子と同じグループになっちゃったなぁ……」

「やっぱり、春は大げさじゃん！　すごくないわけがないんだよ！　めちゃヤバじゃん！」

「誉！　解説！　超絶ヤバイことしか分かんない！　解説を早く！」

「ふふふ……。よかったね、春。ちゃんと自分が出せる場所、見つかったんだね……」

観客席のペンライトが、一斉に統一された。美しい青空のような、明るい水色に。

そして、そんな春に応えるのは観客だけではなく、

「まだです！　まだやれます！」

「ここから巻き返す！」

「この理王様が、負けてたまるもんか！」

「万事有す！」

安定感で、感情表現で、歌唱力で、ダンスで、それぞれの輝きを発し続けるアイドル達。

五人で一つの輝きを創るんじゃない。五人が五つの輝きを創り出し、その輝きがぶつかり合い、混ざり合い、色彩豊かな誰も見たことがない大きな輝きを生み出す。

これこそが、本来の彼女達。これこそが、本来の『TINGS』の形だ。

「ん～～～～！　気合注入完了!!」

最後のサビ。春が、さらにパフォーマンスを向上させる。

背筋を真っ直ぐに伸ばして、優しいメッセージを届け、熱いメッセージを受け止める。

言葉のいらない対話。アイドルとファンの理想的な対話を、春は成し遂げたんだ。

…………

……

「……あ～！　気持ちいいぃぃぃぃぃ!!」

巻き起こる歓声を浴びながら、ステージで大の字に倒れ込み、満足気な言葉を叫ぶ春。

そんな中、他のメンバーはと言うと……

「今日だけですから！　絶対に、今日だけですから！」

「うにゅにゅにゅにゅ!!　理王様の歌なのに！　理王様の歌なのにぃぃぃぃぃ!!」

「いとおかし、いとおかし、いとおかしぃぃぃ！　ダンス、私のほうが上手かった!!」

「ぅぅぅぅぅ！　すごいのは知ってたけど……、知ってたけどさぁ〜！」

完膚なきまでに叩きのめされ、四人そろって心底悔しそうな顔をするのであった。

だけど、すぐに四人とも笑顔になると、春に向かって……

「「「「次は負けない!!」」」」

「いつでもかかってこーい！　私だって負けないよ！」

青天国春。自らの夢を突き進んだが故に、誰よりも孤独になってしまった少女。

だけど、今の彼女はもう孤独ではない。彼女には共に走る仲間がいるんだ。

「ほら、早く立ちなよ」

倒れ込んだままの春に、雪音が手を差し伸べる。その手を摑んで、春は立ち上がった。

そして、雪音と二人で観客席を静かに見つめている。

「キラキラだね……」

「うん。みんな、『本物』の笑顔だ……。でも、まだ足りないよ？」

「そうだね……。ふふ……その通りだ……」

小さな声での会話を終え、このライブの立役者の春が再びセンターに立つ。

そして、力いっぱいにマイクを握りしめると、

「春ちゃんにお任せあれ！」

元気いっぱいに、そう叫ぶのであった。


「いやはや、素晴らしいライブだね、ナー坊！」

ライブ終盤、関係者席で意気揚々と優希さんが僕に語り掛けてきた。

「私の言った通りだっただろう？　『TINGS』であれば、ReNYは容易い会場だと」

「そこまでの問題については？」

「解決するに値する、素晴らしい結果だと思わないかい？」

そう告げて、優希さんは二階席からステージ全体を見渡す。

全ての曲を演り終えた『TINGS』は既にステージから立ち去っている。

だけど、観客達は誰一人として会場を後にせず、

「「「「「アンコール！　アンコール！　アンコール！　アンコール！」」」」」

「『アンコール』は、輝いているかな？」

僕は首を横に振った。

お決まりだからやるのではなく、本当に彼女達に戻って来てほしいからやる。

僕だけが分かる、本当の『アンコール』だ。

「みんな、お待たせぇ〜！」

観客達の声に応え、『TINGS』のメンバーが再びステージへと姿を現した。

「そうだね……。想像以上に険しかったけど、その甲斐はあったかな」

ようやく、本当の形に成った『TINGS』。彼女達の未来は……

「いや、本当に険しいのはここから先さ」

「え？」

優希さんは、何を言っているんだ？ ReNYのライブは、大成功を収めたじゃないか。

もちろん、全てが順調に進むとは思えないけど、そこまで言う程のことでは……

「実は一つ、困った話が『TINGS』に来てしまってね。……見てくれたまえ」

差し出されたのは、一枚の封筒。その中身を確認してみると……

「……え？ こ、これって……っ！」

「ある意味、ナー坊の成果とも言えるが……歓迎できる事態とは言い難いね」

「そう、だね……。この条件は……」

そこには、『TINGS』にとあるライブへ参加してほしいと書かれていた。

会場は、これまでと比べて最大級。普通なら、是が非でも受ける話だけど……

「正直に言わせてもらえば、引き受けるべきではないと思う。私は、失敗は享受するが、取り返しのつかない失敗だけは決して享受しない」

言葉に嘘はない。だけど、それは優しさから。

あの優希さんが、『TINGS』の実績以上に守るべきもののために、そう言っているんだ。

「上手くいけば、最高の展開になるよね？」

「それはそうだが……っ！　いや、そうだね……。上手くいった場合、『TINGS』にとって、理想的な展開になるだろう。立てるのだから……トップアイドルの入り口に」

だとしたら、僕の答えは決まっている。

「やらせてもらうよ」

「本当にいいのかい？　もし、失敗したら……」

「逃げていたら、僕も『TINGS』も辿り着くべきところに辿り着けないからね」

「……そうか。分かった、先方には私が話を通しておくよ……」

「ありがとう、優希さん」

受け取った封筒に資料をしまい、僕は強く拳を握りしめる。

一難去って、また一難。成功の余韻は束の間。既に新たな難問は訪れている。

だとしても、僕……いや、『TINGS』は挑戦しなくてはいけないんだ。

彼女達が目指す場所に、辿り着くためにも……。

『とても素敵な音楽に、私はウキウキでドヨドヨです』

「詞が思いつかない？」

『ご名答』

『書いてみたけど、上辺だけの言葉。……こんなんじゃ、ダメ』

「自分に厳しすぎない？　君が一生懸命書いたのなら——」

『ナオ、少し変わった？』

「どうして？」

『何だかしゃべり方が元気。昔はいつも必死だった』

「一番にこだわるのをやめたからかもね」

『そっか……。ナオがそんな風になるなんて……いい子達なんだね』

「もちろん。みんな、すごくいい子だよ」

『私も会える？　私も一緒に輝ける？』

「きっと、君の隣に立ってくれるよ」

『ふふ……。じゃあ、さみしくないね』

SHINE POST
シャインポスト

Did you know? The most ordinary, natural, and unique magic to make me an absolute idol

エピローグ
雨の上の少女達

火曜日の午後六時。僕は、『TINGS』のメンバーを会議室に集めた。

「ナオ君が私達を会議室に集める！　つまり、また何か報告があるということだ！」

「報告！　なによそれ！　ナオ、早く教えなさいよ！」

「私も興味リンリン！」

「紅葉、それを言うなら興味津々だ」

「今日も賑やか過ぎます……」

ReNYでのライブを経て、彼女達の絆はより一層強く結ばれた。

僕としても、もちろん嬉しい。以前までなら考えられない、五人からの温かい笑顔を向けられるだけで胸が温かくなる。――だけど、同時に芽生えるのは罪悪感。

これから、彼女達に告げる言葉を考えると……。

「実は、またライブが決まったんだ」

その言葉を待っていましたと言わんばかりに、瞳を輝かせる五人。

また新しい会場でライブができる。そこに希望を感じないアイドルはいないだろう。

「わぁぁ！　それで、場所はどこ!?」

「分かったわ！　東きょ――」

「さすがに、東京ドームはありえないでしょうね」

「もう！　最後まで言わせなさいよ！」

お決まりとなった台詞を杏夏に遮られ、八重歯をむき出しにする理王。

伝えなくてはいけないのは分かっているんだけど……厳しいな。

「ナオ君、どうしたの？　なんだか、すごく辛そう……」

優しい春の言葉に、ただただ罪悪感だけが積み重なる。

「本当にごめん……。次のライブには、新宿ReNY以上に厳しい条件があるんだ。……それを乗り越えられるか……僕にも分からない……」

「え？　そんなすごい会場なの？　……う～ん……大丈夫だよ！　今までだって、私達は力を合わせて乗り越えてきたんだもん！」

「そうよ！　心配はいらないわ、ナオ！　なぜなら、私は理王様だから！」

「ナオさんがそこまで言うとなると、かなりの難題であると想像はつきますが、やると決まった以上はやらせていただきます」

「安心しろ、マネージャーちゃん。私様と紅葉もいるのだ。なんら問題はない」

「い！」

胸に宿る安心感。本当に、頼もしい子達に成長してくれた。

これなら………、もう僕がいなくなっても、大丈夫かもしれないね……。

「それで、ナオ君。私達は、どこでライブをやるの？」

次の『TINGS』のライブ会場。それは……

「中野サンプラザだ」

「え！　えぇぇぇぇぇぇ!!　な、中野サンプラザ!?　中野サンプラザでやるの!?」

「うそでしょ！　そんなすごい会場で、私達が!?」

「驚きました……。今までとは、桁違いの会場ではないですか……」

「雪音たん、中がサンプラザってことは、外はムーンプラザ？」

「違う！　中野サンプラザだ！　そういう大きなライブ会場の名前だ！」

中野サンプラザ……アイドルの登龍門と呼ばれるその会場の収容人数は、二〇〇〇人。

杏夏の言葉通り、これまでの会場の収容人数と比べると桁違いの会場だ。

「本番は、五週間後。少し慌ただしいけど、来週の月曜日から情報を公開する予定だよ」

「えっと、ナオ君が言ってたすっごく厳しい条件って、中野サンプラザを満員にすること？」

「いや、チケットは間違いなく即売するだろうね」

「えぇぇぇ!!　さ、さすがに、それは言い過ぎな気もするけど……」

「できるんだ。いや、できるからこそ、今回のライブは今までにない厳しさをはらんでる」

「どういう、こと？」

春の瞳に見つめられ、僕はつい顔をうつむかせてしまった。

彼女達に事実を伝えた時、最も複雑な想いを宿すのは間違いなく春だ。

でも、彼女がこれを乗り越えることができれば……

「次のライブは、『TINGS』だけでやるんじゃない。……対バン形式でやるんだ。あるグループが、是非『TINGS』と対バンをしたいって言ってくれてさ……」

これが、チケットが確実に即売できる理由だ。

「わぁぁぁ！　なにそれ！　すっごく面白そう！　他のアイドルと一緒にライブができるなんて初めてだから、ワクワクしちゃうよ！」

まだ、全ての事実を伝えていないからか、五人は意気揚々とした態度だ。

「それで、ナオ君。どこのアイドルグループと、私達は対バンをするの？」

明るい瞳を向ける春。そんな彼女に、僕は心で謝罪をする。

中野サンプラザでの対バン相手は……。

「うん。僕の口から言ってもいいんだけどね、実はそのグループと担当マネージャーさんが来てくれてるんだ。だから、その人達を君達に紹介しがてら教えるよ」

そう告げた後、僕は会議室のドアを一度開ける。外で待っていた人物に「入ってもらえる？」と声をかけると、静かに立ち上がり会議室の中へ入ってきた。

「失礼。……ほら、君達も」

「お邪魔するわね」

「ほいほぉ～い。大層、失礼しまぁ～すっと」

「まつのつかれた！　はやくはなす！」

「やっと入れた。この待機時間は、不公平」

「失礼します」

「……うそ」「うにゃっ！」「……なっ！」「わっ！」「にょ!?」

会議室に現れた人物を見て、五人が驚きを示す。

だけど、春(はる)だけは恐らく、他の四人と違う感情を抱いているのだろうな。

僕達を対バン相手として指名したアイドルグループ。それは……

「おっ！　春(はる)、めっけぇ！　大層、久しぶりだね！」

「久しぶりね……春(はる)」

「あっ！　もぉね……ちがう！　はるだ！　はるがいる！」

「初めまして、青天国春(なばためはる)さん」

「……………」

今、最も期待されている新鋭アイドルグループ、『HY:RAIN(ハイレイン)』だ。

『アイドルを越えたアイドル』をスローガンに掲げた、クオリティの高いパフォーマンスが特徴的な本格派のグループで、デビューから僅か一年で一万人ライブを達成。アイドルに似つかわしくない洗練されたパフォーマンスは、女子中高生から特に大きな支持を得ている。

そして、『HY：RAIN』は……

「蓮ちゃん……」

「春、もう私のほうが上だから」

かつて、青天国春が所属していたアイドルグループなんだ……。

「ナオ、とりあえず座っても？」

「うん。もちろん」

『HY：RAIN』の担当マネージャーを務める女性が、冷静な口調でそう言う。

腰まで伸びたウェーブのかかった髪に、メリハリがハッキリとしたスタイル。せっかく、綺麗に整った顔立ちなのに「冷たい印象を持たれちゃう」と、本人はよく不平を漏らしていた。

彼女の名前は……

「ア、AYA……さん、ですよね⁉」

「なんで⁉　なんで、AYAがいるの⁉」

鏑木綾。かつて、『AYA』という芸名で活動をしていたアイドルだ。

それも、ただのアイドルではない。

あの『絶対アイドル』螢から、唯一ライバルとして認められ、螢と共に『HA時代』と呼ばれる時代を築き上げた、トップアイドルの中のトップアイドルだ。

「今はもう引退しているから、ただの鏑木綾だよ。だから、そんなに驚かなくて……ってのは難しっか。……ふふっ」

冷たい印象を持たれがちなAYAだけど、実際はとても優しい女の子だ。

目を丸くする杏夏と理王に対して、温かな笑顔を向けている。そして……、

「久しぶり、春。元気そうで、よかったよ」

その笑顔を、春にも向けた。

「う、うん……。ありがとう、アヤちゃん……」

いつも明るい春が、こんな借りてきた猫みたいな態度になるなんてな。

以前のマネージャーとの再会。……僕も少しだけ複雑な気持ちになる。

「春とAYAさんがお知り合い？　それに、他のメンバーの方も……、まさか……」

「ねぇ、春。あんたが、昔いたグループって……」

「うん。実はそうなんだ……。あ、あはは……。あっ！　でも気にしないでね！　ほら、昔は昔！　今は今だからさ！　大丈夫だよぉ！」

とっさに明るい笑顔で場を取り持つ春。

その様子を、AYAはどこか複雑そうな表情で見つめていた。

「まさか、ナオが春のマネージャーになるなんてね……。それに、この様子を見る限り、君は春のことを助けてくれたんだね」

「まぁ、それなりに、……かな」

「自分の未熟さを思い知らされるなぁ。これだから、ナオは厄介なんだよ」

殊勝な笑みを浮かべて、会議室の椅子へと腰を掛けるＡＹＡ(アヤ)。

「じゃ、正式に自己紹介をさせてもらっちゃお。……私は、鏑木綾(かぶらぎりょう)。『ＨＹ：ＲＡＩＮ(ハイレイン)』のマネージャーをやってるよ。よろしくね」

「唐林青葉(からばやしあおば)です。以後、お見知りおきを」

「苗川柔(なえかわやわら)でぇす。大層、よろしく頼むよ！」

「からばやしいとは！　あお姉のいもうと！　わたしとあお姉でカラシス！」

「氷海菜花(ひうみなのか)です。公平にいきましょう」

「黒金蓮(くろがねれん)です。『ＨＹ：ＲＡＩＮ(ハイレイン)』のリーダーをやっています」

「玉城杏夏(たまききょうか)です！　よろしくお願いします！」

「聖舞理王(せいぶりお)です！　よ、よろしく……です！」

「祇園寺雪音(ぎおんじゆきね)だ。よろしく頼む」

「……伊藤(いとう)……紅葉(もみじ)」

「青天国春(なばためはる)……って、私はいっかぁ……」

まずいな……。完全に『ＨＹ：ＲＡＩＮ(ハイレイン)』の空気に飲み込まれているぞ……。

「さてと、どこまでナオから聞いているか分からないから、全容を伝えさせてもらうね。今回、

『HY:RAIN』が中野サンプラザでライブを行うにあたって、『TINGS』に対バンを申し込ませてもらったんだ。……ちょうど、メンバーも春に会いたがっていたしね」

「………」

　春は何も答えない。

「春、『HY:RAIN』はあんたがいた頃とは違うから。……みんな、成長した」

「わたし、まけない！　だれにもまけないから！」

「蓮、イト、言い過ぎよ。……ごめんなさいね、春」

「ううん、大丈夫だよ、……あお姉」

「私だけついていけない。……不公平」

「菜花、落ち込むなぁ～！　ほ～ら、柔お姉さんのなでなでだぞぉ～」

「これはこれで、不公平」

　杏夏と雪音が、テーブルの下で春の手を握りしめる。

「ねぇ、アヤちゃん……」

「どうしたの、春？」

「なんで、『TINGS』？　私達にとっては大きな会場でライブができるチャンスだけど、『HY:RAIN』に、中野サンプラザで私達と対バンをするメリットなんて何もないよね？」

『HY:RAIN』は、自分達だけでも一万人規模のライブを行うことができる。

にもかかわらず、わざわざ二〇〇〇人規模……それも、対バンという少し危険性をはらんだライブをやる理由なんて、普通に考えれば一つもない。

「理由は三つ。一つ、中野サンプラザを選んだのは、直近で押さえられた会場がそこだけだったから。二つ目は、青天国春。そして、三つ目が……日生直輝」

「私とナオ君？」

AYAが、「なぜ言っていない？」と僕に視線で語る。

別に隠していたわけじゃないんだけど、言い出すタイミングが難しくてね……。

「春については──」

「アヤちゃん、私から言わせて」

「そう？　分かった……」

黒金蓮が、青天国春を鋭い目で射貫く。

「春、あんたに負けたまんまだと、『HY:RAIN』は先に進めない。だから、対バンをする。私が、私達があんたより上だって証明して、あんたが手に入れた全部を飲み込んで、先に行く。『絶対アイドル』を越えるために」

中野サンプラザのライブは、ほぼ間違いなく即売する。そして、そのチケットを手にするのは、ほとんどが『HY:RAIN』のファンになるだろう。

つまり、『TINGS』は完全にアウェーの状態でライブに臨まなくてはならなくなる。

加えて、実力としても『HY：RAIN』は『TINGS』を凌駕する。

メンバー全員が、ハイレベルなパフォーマンスを有しているのはもちろん、『HY：RAIN』もまた『TINGS』と同様に、メンバーそれぞれが尖った才能を持っている。

極めつけは、場数の差だ。これまで、『TINGS』が経験したことのある会場は、専用劇場と噴水広場と新宿ReNYのみ。『HY：RAIN』は違う。

これまでに数多くのライブを経験し、会場によって自分達のパフォーマンスを魅力的に引き出す手段も熟知している。

そんなグループと対バンをしてしまったら、『TINGS』はただの引き立て役として終わってしまう可能性がある。彼女達が得てきた大切なファン、胸に宿る誇り、向上心、……何もかもを『HY：RAIN』に飲み込まれ、『TINGS』が消えてしまうかもしれない。

「わ、分かったよ……。なら、ナオ君は？」

「うん。そっちについては、私が説明しようかな」

再び、蓮に代わり口を開いたのはAYAだ。

「私ね、ナオには、ちょ～っと複雑な感情を持ってるんだ。……だって、私がアイドルを引退した原因を作ったのは、ナオだもん」

「手厳しいね」

「その余裕ぶった態度、ほんと嫌。ナオ、あんたのせいで、どれだけの人達の心が壊されたと思ってるの？……絶対に、忘れさせないよ」

AYAの言う通りだ。僕のせいで、沢山の人が傷ついた。沢山の人が涙を流した。

これは、過去から僕に訪れた罰。だからこそ、僕は今回の提案を引き受けた。

贖罪という、意味も込めて……。

「さっき、蓮が『先に進めない』と言ったけど、それは私も同じ。ナオ、あんた達に勝たないと、私も先に進めないの」

本当に、君は変わらないな。アイドルを引退しても、あの頃のままだ……。

今回の対バンをAYAが優希さんに申し込んだ際、彼女はただ普通に申し込んだんじゃない。

一つの条件を付けて、『TINGS』へ対バンを申し込んだんだ。

「だから、勝負を持ちかけた。了承されないと思ったけど、どういうわけか了承されたからね。超ラッキーって、胸をウキウキさせてるよ」

「勝負、ですか？」

杏夏が唾を飲み込んでたずねた。

「『TINGS』と『HY：RAIN』でやるんだよ。……昔の、私と螢みたいに」

「螢さんとアヤちゃん。それって……」

「三本勝負だよ。ダンス、歌、総合力の三つで、『TINGS』と『HY：RAIN』が競い合う。そして、『HY：RAIN』が勝った暁には……」

「日生直輝(ひなせなおき)には、マネージャーをやめてもらう。この業界から、永遠に消えてもらう」

あとがき

※注意：二巻のネタバレを多く含みます。

どうも、駱駝(らくだ)です。シャインポスト二巻発売しました。

このあとがきを書いている現在は、２０２２年1月26日午前9時40分くらいです。

様々なメディアミックスが発表されて、まだ展開されていないので、いったいどうなってしまうのだろうという気持ちが大きいですね。

今回のプロジェクトに於(お)いて、私は主にライトノベル執筆、ゲームシナリオプロット、一部のキャラの本シナリオ作成・全キャラクターのシナリオ監修を担当させていただいております。

小説はもちろんですが、個人的に自信があるのはゲームシナリオですね。

これは、絶対に面白いと自信をもって、皆さんにお届けできる内容となっております。

小説は有料ですが、ゲームのシナリオを読むのは無料なので、皆さんの貴重なお時間を少しだけ分けていただけたら幸いです。マジで、めっちゃ面白いですよ。

ゲームを有料で楽しみたい方は、まぁ、各々(おのおの)の判断で！

さすがに、ゲームシステムにまで口を出すのは越権行為丸出しなので、ＫＯＮＡＭＩさんにお任せコースです。こういったプロジェクトでは、自分の得意分野でのみ全力を尽くす。

ど素人が、いきなりゲームシステムや音楽に口を出すなんて、狂気の沙汰。

それが、私の考え方であり、スタイルです。

こうして、小説やゲームシナリオにて自信を持ってお届けできるのは、担当編集の皆さんの力添えはもちろん、ＫＯＮＡＭＩさんの柔軟な対応のおかげでしょう。

このような貴重な機会を与えていただき、誠にありがとうございます。

では、謝辞を。

シャインポストを購入していただいた皆様、誠にありがとうございます。

すでにお気づきの方もいらっしゃるかもしれませんが、シャインポストは一巻でさり気なく色々とまき散らし、二巻でその一部を回収するという内容になっています。

最初は一巻だけで回収しようとしたのですが、ページ数が爆発したので、一巻と二巻に分けさせております。ただ、まだいくつか残っているものもあります。三巻、待ってて下さい。

ブリキ様、いつも以上に素敵なイラストをありがとうございます。

担当編集の皆様、本当に、本当に色々と！　ありがとうございます！　本当に、シャインポストでは、多くのフォローをしていただき、感謝しかありません。

小説が発売するのは3月なので、その頃にはあの子とあの子のキャストが発表され、大賑わいとなっていると想定できますが、他にもすごいキャストの方々が控えていますよ。

駱駝

◉駱駝著作リスト

「俺を好きなのはお前だけかよ①〜⑰」（電撃文庫）
「シャインポスト①〜②
ねえ知ってた？　私を絶対アイドルにするための、ごく普通で当たり前な、とびっきりの魔法」（同）

本書に対するご意見、ご感想をお寄せください。

ファンレターあて先
〒 102-8177　東京都千代田区富士見 2-13-3
電撃文庫編集部
「駱駝先生」係
「ブリキ先生」係

本書は書き下ろしです。

電撃文庫

シャインポスト②

ねえ知ってた？　私を絶対アイドルにするための、ごく普通で当たり前な、とびっきりの魔法

駱駝

2022年３月10日　初版発行
2022年６月20日　再版発行

発行者　青柳昌行
発行　株式会社KADOKAWA
〒102-8177　東京都千代田区富士見2-13-3
0570-002-301（ナビダイヤル）
装丁者　荻窪裕司（META＋MANIERA）
印刷　株式会社KADOKAWA
製本　株式会社KADOKAWA

●お問い合わせ
https://www.kadokawa.co.jp/（「お問い合わせ」へお進みください）
※内容によっては、お答えできない場合があります。
※サポートは日本国内のみとさせていただきます。
※ Japanese text only

※定価はカバーに表示してあります。

ISBN978-4-04-914346-1　C0193　Printed in Japan

電撃文庫　https://dengekibunko.jp/

電撃文庫創刊に際して

文庫は、我が国にとどまらず、世界の書籍の流れのなかで〝小さな巨人〟としての地位を築いてきた。古今東西の名著を、廉価で手に入りやすい形で提供してきたからこそ、人は文庫を自分の師として、また青春の想い出として、語りついできたのである。

その源を、文化的にはドイツのレクラム文庫に求めるにせよ、規模の上でイギリスのペンギンブックスに求めるにせよ、いま文庫は知識人の層の多様化に従って、ますますその意義を大きくしていると言ってよい。

文庫出版の意味するものは、激動の現代のみならず将来にわたって、大きくなることはあっても、小さくなることはないだろう。

「電撃文庫」は、そのように多様化した対象に応え、歴史に耐えうる作品を収録するのはもちろん、新しい世紀を迎えるにあたって、既成の枠をこえる新鮮で強烈なアイ・オープナーたりたい。

その特異さ故に、この存在は、かつて文庫がはじめて出版世界に登場したときと、同じ戸惑いを読書人に与えるかもしれない。

しかし、〈Changing Times,Changing Publishing〉時代は変わって、出版も変わる。時を重ねるなかで、精神の糧として、心の一隅を占めるものとして、次なる文化の担い手の若者たちに確かな評価を得られると信じて、ここに「電撃文庫」を出版する。

1993年6月10日
角川歴彦

[著]上月司
[絵]ろうか
Tsukasa Kohduki
Illustration
Rouka
可愛い可愛い彼女がいるから、お姉ちゃんは諦めましょう？
告白失敗トライアングル!?
STORY
「ハイ、センパイ。あーん、ですよ」僕の彼女は可愛い。こんなに綺麗で可愛くて甘え上手な彼女がいるなんて、普通に考えれば幸せ以外の何でもない――はずなのに、僕が胃をキリキリさせて苦悶しているのには理由がある。僕が想いを寄せる、城之崎ゆかり先輩に告白を決意したその日は、二人きりで放課後の司書室で作業と決まっていた。これぞ転機と司書室に先輩が入ったのを確認し、思いの丈をぶつける……が。「好きです！　付き合って下さ――いっ!?」告白した相手が見知らぬ美少女だと気付きフリーズしていると、隣の保管庫から出てきたのは先輩だった!!「“お姉ちゃん”――告白されたので、この人と付き合うことになりました」先輩と後輩、姉と妹、あなたはどっち派？　誤爆から始まるこの恋の行方は!?